ささみみささめ

長野まゆみ

筑摩書房

ささみみささめ＊目次

本書は、ＰＲ誌「ちくま」連載（２０１１年8月号〜２０１３年7月号）に、あらたに書下し「ささみみささめ」を加えたものです。単行本化にあたり、大幅に加筆修正を行ないました。

ささみみささめ

祖父の葬儀の真っ最中だ。いっさいを葬儀社にまかせてあるので、段取りに気を配るのも彼らである。かつて身内がおこなっていた冥途《めいど》への旅仕度のあれこれは、いまやセレモニーという名の商品なのだ。

葬儀費用は祖父自身があらかじめ払い済みにしてあり、臨終に立ち会った家族にもとめられたのは、契約先の葬儀社に当人が亡くなった連絡をすることだけだった。

かつての湯灌《ゆかん》や死化粧はエンバーミングやエンゼルメイクと呼びかえられ、まるごと専門家の手にゆだねる。近親者の死を隣近所にふれまわりもしない。ただ、家族のみでひっそりと葬《おく》る。

両親は（安心して）なにもせずに、親族たちとひそひそ声で話しこんでいる。亡くなるまえの祖父が、ちょっとした話題を提供してくれたおかげで、医療費分担や相続のことで本音のさぐりあいをする彼らの、ささやかな息抜きとなっている。

祖父が意識を失う数日まえのことだが、単身赴任先から週末帰りをした父は、面会時間ぎりぎりの午後八時を過ぎて、ひとりで病院を見舞った。呼吸器で口をふさがれた祖父がしきりになにかを伝えようとするので、父もできるだけ顔を近づけた。

「……ささみみささめ、」

そう聞こえた。父には懐かしいことばだった。身内にだけで通用する隠語である。これから、ナイショ話をするぞ、という合図なのだ。それを耳にしたら、おなじく〈ささみみささめ〉と返す。承知した、誰にも云わない、と約束したことになる。

父の返事を聞いて、祖父は片目をつぶってみせた。両目ともほとんど開いていないようなものだったが、父はちゃんと祖父のまばたきを見分けた。

「ついに毒を飲んでやった。看護師たちの目を盗んでうまくやったよ。だからじきに迎えがくるさ。罰あたりというものだ。」

だいたいのところ、祖父はそんなことを口にしたそうだ。実際には息を切らしながら、とぎれとぎれに発話された。

結果的にそれは家族が耳にした最後のことばとなった。認知症ではなかったが、長い入院生活で日常性を失い、夢と現実の境界はあいまいだったのだろう。

点滴のほかは、水さえも医師の許可なしには飲めなかった。肺炎の症状があったからだ。もはやひとりでは起きあがれず、寝返りにも介助が必要だった。指も自由に動かせないのだから、毒にしろ何にしろ飲むのはむずかしい。だれかに毒を盛られたとも考えにくい。だが、これと決めたことはやりとげる信念の人でもあった。

それからまもなく〈迎え〉が訪れた。祖父が葬儀社と結んでいた契約どおり、通夜も告別式もない。僧侶による読経も戒名もなし。「そもそも、戒名も位牌も仏教とはなんら関係なし。」とは、常日頃からの祖父の口ぐせだ。「なまぐさ坊主には、ビタ一文はらわん。」とも云っていた。

亡くなったそのときから、葬儀社まかせである。夜の病院に、黒服の葬儀社スタッフがあらわれて、淡々ととどこおりなく進んでゆく。

友引を避けて日をおき、三日ぶりに迎えたきょうの日に対面した祖父は大きく口をあけていた。

「毒を飲んだ」話を父から聞いていただれもが、奇妙な感覚をおぼえたにちがいない。だから、しきりと話題になる。わたしの記憶では、息をひきとるさいは、たしかに口を閉じていたと思うのだが、棺に横たわる祖父は、なにか云い残したことでもありそうに、あるいはだれかを一喝《いっかつ》するかのように、大きく口をあけていた。

あたりまえだよ、と兄が云う。おどろくことではない。高齢者の場合、下あごの筋力がおとろえた状態で亡くなるので、直後は口を閉じていたとしても、火葬のころには重力で下あごが落ち、大口をあけたように見えるそうだ。

エンゼルメイクの料金を奮発すれば、最大限の手当をしてくれる。それでも、咀嚼《そしやく》のチカラが衰えていた高齢者の復元はむずかしい。むしろ、口がひらくのはふつうだと思ったほうがよい。俳優の「死んだふり」ばかりテレビで見ているから、真実を知らずにいただけなのだ。

あの大きくあけた口のなかになにかを入れたらどうだろう。白蓮や白牡丹や白百合の千の花びらを、白鳥の真綿のような羽を。そんなことを思った。

ごく内輪で済ませる運びではあったが、親族のほかに近所の親しい人もかけつけ、祖父が心づもりしていたより多くの人が集った。孫のわたしなどは見慣れない顔ぶれのほうが多い。というより、親族のなかにも、はじめて会う人たちがいる。

車で到着したときから車いすに乗ったままの、くるぶしまであるロングのフォーマルドレスを着こんだおばあさんは、祖父より六つも年長の、とっくに九十歳をこえた〈お姉さん〉なのだそうだが、この人とも、わたしは初対面だった。

頰や目もとや口もとに大都市の道路地図のような細かく複雑なシワがきざまれている

ものの、まだ髪などふさふさと豊かで七十代くらいにしか見えない。なぜか、仏頂面である。車いすを押す家人にもきついことばで指図していた。

斎場内の一室で、骨上げを待っている。そのあいだに精進料理がふるまわれ、わたしのまわりではさまざまな昔話やウワサ話がかわされている。〈ささみみささめ〉の声も聞こえる。この隠語で結ばれた人たちの集いなのだ。

父と叔父は、これから独居になる「われらの母」を高齢者住宅に突っ込むにはどれくらい費用がかかるのかの相談をしている。ひそひそ声ながらも〈ささみみささめ〉の隠語はなく、湯葉を満足そうに味わっている祖母のまえで憚《はばか》ることなく進めている。ひとりは上海、ひとりは筑波に単身赴任中のふたりが顔をあわせる機会は、そうそう多くないからだ。

それぞれの妻は、この席のかたすみにいる場違いな美貌の四十代（とおぼしき）女の胸もとでかがやく大粒の真珠のことで、先ほどからささやきあっている。

どこのだれなのか、母も叔母も見当がつかないらしい。〈探偵〉として、たったいま兄が派遣された。美人にお酒をすすめながら話しかけるところだ。

わたしの背中ごしにいる大伯母は、子どものころに参列した葬儀の思い出を語っている。声は意外に可愛らしい。〈ささみみささめ〉で、はじまる話だった。聞き手は名前を聞きそびれたが、同年輩とおぼしき婦人だ。

ときおり、登場人物の近況がはさまって話が横道へそれるややこしさなのだが、興味深い内容ではあった。要約すると、こんな感じだ。

たみ江さんのお通夜のとき、外は真っ暗なうえにどしゃぶりの雨だった。カエルだのヘビだのが降っているのかと思うほど、びちゃびちゃと音がする。それでも通夜ぶるまいは、雨音に負けないくらいのどんちゃん騒ぎで、いまだからあれはたみ江さんの通夜だったとわかっているけれど、子どもだった当夜は、祭か婚礼の宴会だと思っていた。

騒ぎのなか、たみ江さん宛てに木箱の小包がとどいた。気づいたときは、もう玄関におかれていて、受け取りをだれが渡したのかもわからない。縄でしばって、荷札を結んであったが、むやみに重いうえに差出人の名前はなかった。おとなたちは怪しんで駐在さんを呼びにゆき、話しあいのすえ、一時的に駐在所で預かってもらうことにした。

若い駐在さんは快くひきうけてくれた。自転車の荷台に木箱をくくりつけて帰ってゆく。ちょうど前日に転任してきたばかりで、町内の人たちも初対面の人が多かった。なかなかの美男だったが、その駐在さんとは不釣り合いの、鏡餅のようにまるまる太って色白の、器量よしとは云いにくい新婚の奥さんが家にいた。それを近所の何人かの人が目撃していた。

新婚だと推察したのは、ふたりとも若く奥方が妊婦さんだったからだが、事情通の酒屋のおかみさんでさえ、知っているのはそれだけだった。

明け方に、雷がひとつ鳴った。朝になって、たみ江さんの家を駐在さんが訪ねてくる。事務室で保管していた木箱がいつのまにかこわれ、漬けもの石が転がりでてきました、と報告しに来たのだ。そのまま駐在所においてありますが、どうしますかと訊く。

たみ江さんの家では葬式の準備をしているところだった。放し鳥にする小鳥が、かごのなかでやかましい。家の人たちは手があかないので、町内の世話役が代表して駐在所を訪ねた。すると報告のとおり、石が転がっていた。丸っこくて坐りのよいかたちは、どう見ても漬けもの石だった。そんなものを亡くなった人宛てに、わざわざ送りつけてくるのは、いやがらせにはちがいないが、どこのだれのしわざなのか、だれにも見当がつかなかった。

日盛りの午後、たみ江さんのお葬式がおこなわれた。坊さんが呼ばれて読経がすんで、男の人たちの手で棺をかついで町のはずれの火葬場へいった。当時は、となり近所総出で列をなして葬る習いだった。駐在さんが、自転車であたりを巡回してくれるというので、みんなは安心して出かけた。

話がこのあたりまで進んだとき、わたしにはもう結末がわかった。駐在さんはホンモノではなく、香典ドロボウだったのである。近所の家々も軒並み荒らされ金目のものを持ち逃げされた。みんなが駐在所へ駆けこむと、そこはもぬけの殻だった。

だれかが、腹いせに転がっていた漬けもの石を蹴とばした。すると冷えたゆで卵のようにこわれて、曲線のあるかけらがあたりにちらばった。重いわりに、もろい石だったのだ。翌日になって、ホンモノの駐在さんが到着した。ペテン師の駐在さんとちがって、漬けもの石そっくりの人の好さそうな顔だった。

これでおしまいなのかと思えば、話にはまだつづきがあった。大伯母と祖父の姉弟は、砕けた漬けもの石のかけらのなかに、黒々とした小さな塊を見つけた。子どもの親指の爪くらいの大きさである。よく見ると、その石には細かなシワが刻まれていて、老人の顔のように見えた。

「あら、たいへんなものを見つけたわね、」とどこかの女の人が云う。きょとんとする姉弟に、その人はにこにこと笑いかけた。

「それはドクロメンよ。きのうみたいなものすごい雨の晩に空から降ってくるの。ふたりの一生の宝物になるわね。」

その瞬間から、それはふたりの一生のケンカの種になった。奪いあいや隠匿《いんとく》がくりかえされた。きょうの祖父の葬儀に足の不自由な大伯母が参列したのは、弟からあの石を取り返すためだった。だが、父も叔父も、そんな石のことは初耳で、どこにあるかも知らないと云い、それで到着したての大伯母さんは、仏頂面だったのだ。

兄が廊下で手招きをする。真珠婦人の調査が終わったのだ。彼女は区立の学習センターで祖父と親しくなり、入院する直前までおなじカードゲームの講座を受講していた。いつもペアを組んでいたのだと云う。

彼女の本職はエンディングプランナーである。つまり祖父が生前に契約を結んだ葬儀社の経営者なのだった。親の代まで古風な葬儀社だったのを、横文字の社名に変更して、事業を拡大したやり手である。

きょうの分の支払いはすでに済んでいるので、喪主である父に領収書を届けに来たとのこと。役所への手続きなどもすべて込みである。

こつこつ働いてつつましく暮らした祖父は、借金もなかったかわりに儲け話とも無縁で、カードゲームを楽しむセンスがあったとも思えないが、数字をおぼえるのは得意だった。それが役立ったのかもしれない。

真珠婦人は、いかにも年配男を籠絡《ろうらく》しそうな人物である。カード仲間が、たまたま葬儀社の経営者だったわけではあるまい。中高年がたくさん集まる公民館でのカルチャーサロンは、彼女のような職業の人にとっては、絶好の営業スポットなのだ。

祖父には狙われるほどの資産はないが、人の好さで友人たちから信頼されている。祖父に「あそこは、いい会社だよ。」と云ってもらうだけで、カード仲間の契約者を増やすことができただろう。

黒服のスタッフが、骨上げの準備ができたことを知らせにやってきた。みなでそろそろと、炉まえホールへ移動する。無宗教の火葬なので、読経はなしでさっそく箸を手に、待ちかまえる。

「ごりっぱな体格のかたでしたね。」と火葬場の職員が云い、まだ熱をおびているお骨と対峙する人たちの緊張がほぐれた。そのことばがなければ、わたしなどはむやみに硬くなって、骨を取り落としてしまったかもしれない。ふたりずつ組んでひろう。

残骨は、職員が壺におさめてゆく。足先から順に、どこそこの骨です、と解説がはいる。途中で、黒く小さな塊があらわれた。

「これはなんでしょうね。お父さまは人工骨かなにかを、入れておいででしたか?」

「いいえ、肺炎で入院するまで足腰は丈夫だったのでなにも。」

父が答える。

車いすの大伯母が、飛びこむように異物に顔を近づけた。

「おやまあ、ドクロメンだわ。」

「なんです？」

父も叔父も、大伯母のことばを聞きとれなかったようだ。

「だから、ドクロメンよ。それはわたしのものよ。いただいていくわ。」

足は不自由なのに、大伯母の手の動きはおどろくほど素早かった。父も叔父も、その動きに圧倒されている。だれも、取りかえす勇気はない。

「……なんておっしゃいましたっけ？」

ふたたび父がたずねた。大伯母は手のひらを差しだした。ぽつん、と黒いかけらが光っている。

「ドクロメン。ドクロのお面。若ぶらないで、老眼鏡をかけてよく見てごらんなさい。」

父たちより早く、兄とわたしがのぞきこんだ。十ミリかそこらの、くしゃくしゃと表面にシワがよった黒いものだ。

「あの高温で一時間ちかく焼いたあとに残るものですから、溶解点が二千度か三千度くらいの金属でしょうね。」

職員は合理的な見解を示した。ひきつづき骨を納めてゆく。

「ほとけさまが、ちゃんと残りましたね。」

通常、ノドボトケの骨と称されるそれが、第二頸椎《けいつい》であることを説明した職員は、最後に頭蓋骨を納め、壺のふたを閉じた。こうしてすべての儀式が終わった。

「おやじは毒じゃなくて、ドクロを呑んだと云ったんだな。」

帰宅する車のなかで、父がつぶやいた。腕のなかの白木の箱は、まだ温かいような気がすると云う。

ドクロメンの正体は、後日になってわかった。兄が調べたところによれば、隕鉄だった。子どもだった大伯母が聞いたとおり、空から落ちてくるものだ。ある種の隕鉄は表面にできるシワが、ちょうどドクロのように見えることがある。それをドクロメンと呼ぶのだ。

それから間もなく、大伯母の訃報が届いた。

「回収にいくか、」兄が云う。

「ささみみささめ、」わたしはそう返事した。

ああ、どうしよう

うしろ姿が似ている。あのひとことさえ聞かなければ、と愛美《まなみ》は悔やんだが今となってはもう遅い。

セレブ向けマンションのフロントスタッフとして働きはじめたのは三カ月ほどまえのことだ。ホテルなみの「きめこまやかな」サービスをおこなうフロントと、二十四時間対応の管理人をおく高級マンションである。

ディベロッパーの不動産会社が傘下におく管理会社の、そのまたグループ会社の社員としての出向だ。アーバン××コーポレーションという社名には、母体企業の屋号を連想させる漢字のひと文字すらもふくまれていない。なにかあれば、あっさり切り捨てられるという意味だ。

ブティック仕立てのしゃれた服を身につけたミラノがクリーニングに出すつもりらし

いワンピースを手に、電話をしながらエレベーターをおりてくる。彼女が呼びつけたタクシーはすでにマンションのエントランスで待機中だ。

フロントにたどりついたときも、ミラノはだれかとしゃべりつづけていた。

「だから、今週は時間がないって云ったじゃない。あなたのお友だちと会食なんてお断りよ。た〜いくつなんだもの。」

鼻にかかった、つくり声で話す。ワンピースを大理石のカウンターに軽く投げだし、電話は中断せずに手ぶりでクリーニングに出しておいて、と指図する。

愛美が応対した。端末で受けとりの伝票を準備するあいだ、聞くつもりはなかったが、電話相手との会話が耳にはいる。ミラノはこのまま空港へ直行し、三泊四日の日程でソウルへ出かける。さきほどは大阪に単身赴任している夫からの呼びだしを断る電話だったが、今はもうべつの相手としゃべっている。

「……あのワンピは持っていかないことにした。っていうより、持っていけないの。ナツミのところからクリーニング済みでもどってきたんだけど、タバコくさくて。彼女のダンナって、チェーンスモーカーでしょ。家においておくだけで、においがつくのよ。だから、貸したくなかったんだけど、けちだと思われたくないし。向こうへついたら、まずはディナー用の服さがしよ。」

支払いは、ホテルとおなじように部屋番号で管理する。ミラノがフロントを通して呼びつけるタクシーやケータリングのオードブル、ネイルサロンのスタッフなど、すべて部屋の世帯主である夫の口座から引き落とされるのだ。

クリーニングの控えを受けとったミラノは、足もとに放りだしていたブランドものの旅行バッグを手にとり、ロビーを出ていった。待たせてあったタクシーに乗りこむさいも、まだ電話をつづけていた。

ミラノと呼んでいるが、もちろん本名ではなく、ミラノ自身もそう呼ばれていることを知らないはずである。フロントのスタッフたちが半分はやっかみで、半分は小ばかにしてひそかにそう名づけたのだ。

ほかにシドニーやロンドンやハワイと呼ばれているマダムたちがいる。いずれも、稼ぐ夫をつかまえて働かずに暮らす恵まれた人たちだった。彼女たちにとっては、それが〈結婚〉というものであり、夫の留守に遊び歩くのも当然の権利なのだ。

愛美が受けつけたミラノの服は、生地の手ざわりも風合いも申し分ないほどしなやかで、アップルグリーンのノースリーブのタフタにオリーブグリーンのレース仕立てのオーバージャケットを重ねたカクテルドレスだった。

ジャケットの胸もとから肩にかけては、繊細なビーズ刺繍をほどこしてある。そのビーズがまた、エメラルドグリーンや孔雀の尾羽を思わせる青の、カットもさまざまな大小の粒が組みあわされていて、光のかげんで、微妙なかがやきを生みだすのだ。うしろ姿が似ていることを指摘したのは、ミラノの友だちだった。実際に本人とまちがえて、このロビーで愛美を呼びとめたのだ。

チェーンスモーカーの夫がいるとミラノが話していたナツミだった。

それがきっかけで、ミラノとナツミのふたりは、愛美にある小遣いかせぎを持ちかけた。単身赴任のミラノの夫が、人をやとって妻の行動を監視しているようだとふたりは主張する。そこで気づかないふりをして攪乱作戦をとろうというのだ。

もともと洋服を貸し借りする仲のミラノとナツミのからだつきは似ている。さらに、愛美がくわわれば、ややこしさも三倍になるというわけだ。

実は先ほどタクシーに乗って空港へ向かったのはナツミである。ミラノは前の晩にナツミの服を着てナツミの家から出発した。いまごろはソウル市内を観光しているはずだ。こんどは愛美の番だった。

まとうのは、あのアップルグリーンのワンピースではない。あらかじめべつの服をあずかっている。私立学校の保護者会に若い母親が着てゆくような、甘いピンクの清楚なデザインのスーツだった。

だが、ミラノに扮したナツミが、思いがけずアップルグリーンのワンピースをフロントへ持ちこんだことで、愛美におかしな欲望が起こった。

魅惑的すぎるドレスだった。それを着た自分の姿を想像しているうち、愛美はいつしか、ちょっと袖を通してみたい、という気になっていた。クリーニングに出してしまえば、なにも気づかれはしない。

ロッカー室にはシャワールームがあり、そこへ閉じこもれば人目を避けて鏡のまえでフィッティングができる。愛美は休憩時間に、さっそく実行した。

予想以上に、サイズはぴったりだった。色合いも愛美のストレートの黒髪によく映えた。ミラノは好んでウィッグをつかうので、どんな髪の色でも不自然ではない。だからこそ、うしろ姿がよく似ている価値もあろうというものだ。

保護者会仕様のスーツなどさようなら、である。

翌日は愛美の週休日だった。接客業なので土日の出勤をするかわりに、平日の休みがとれる。予定どおりミラノに借りた車を飛ばして、S県のリゾート地についた。以前から泊まってみたいと思っていたハイグレードのリゾートホテルがある。うまいぐあいに予約がとれた。むろん、ミラノの名前をつかった。支払いも彼女に請求できることになっている。

「リラクゼーション」がウリのホテルで、若い女がひとりで宿泊しても悪目立ちしない。昼間は、エステをたのしんだ。ウォーターベッドからフットケアまで、日ごろの立ち仕事で凝ったからだをほぐして、薬膳料理とハーブティーでからだのなかもすっきりした。

ディナーはフレンチで、富士山が見えるテラスに面した席を予約した。夫のいるミラノが気分転換のひとり旅に来ている、という役どころだから、連れがいないわびしさを感じることもない。

これはあくまで小遣いかせぎで、セレブなマダムとうしろ姿が似ていたからこそ転がりこんできたつかのまの贅沢なのだ。

ぬかりなく、アップルグリーンのドレスにあわせてブランド靴とバッグもレンタルしてきた。エステのあとで髪もセットした。

ナツミのチェーンスモーカーの夫のおかげでしみついたというタバコの件は、探偵に聞かせるための作り話だからじっさいにタバコくさいわけではなかった。フレグランスの残り香が少しあるものの気になるほどでもない。

愛美はアップルグリーンのドレスを自分の服のように着こなし、好きなフレグランスをふりかけて、ダイニングルームへ向かった。気分転換の旅であれば、どんな香でも問題はない。ミラノからも指定はなかった。

季節はずれの平日で、人気のリゾートホテルも満室ではないようだったが、近隣から夕食だけ摂りにくる人たちもいるので、窓ぎわの見晴らしのよいテーブルは、どこも予約の札がおいてある。そのひとつが自分の席であるのは、さすがに気分がよかった。

愛美は富士の夕景をながめながら食前酒をたのしむつもりで、はやめにテーブルについた。好みを伝えて、オリジナルのカクテルをつくってもらう。ミラノは甘い飲みものならなんでも好きだが、スイカだけは苦手だ。それさえ気をつければ、あとは神経をつかわなくてもよいと、ナツミから伝言があった。料理の好ききらいもない。愛美は自分の食べたいものを選び、ミラノになりすまして、おいしくごちそうになればよいのだ。

ピーチのカクテルがはこばれてきた。きょうのドレスにしては子どもっぽかったと愛美は思う。二杯目のときには、それなりのものを頼もうと、彼女は少ない知識を総動員して思案する。

そこへ、ホール係があらわれてかたわらにたたずんだ。

「あちらのお客さまより、お飲みものを差しあげたいとお申し出がございましたが、お受けになりますか?」

ホテルというところは、そんな取りつぎもするのだ。ホール係がトレイにのせたカードに、「素敵なかたをお見かけしたので、一杯だけごちそうさせていただければ幸いです。お好みのものをご注文ください」と書いてあった。柔和な印象のシルバーグレイの紳士である。

探偵とは思えないが、もしミラノではないことが知られてしまったのだとしても、半日以上ここでむだ足をさせたのだから、愛美としては役目をはたしたと云ってもよい。ミラノも文句はないだろう。

ミラノの服で気どっているからにはいつもとちがう態度をとろうときめて、愛美は紳士におごられることにした。

こんどは青りんごの、ドレスとおなじアップルグリーンのカクテルを選んだ。紳士はそれ以上しつこく伝言をしてくることもなく、ディナーがはじまった。見れば、紳士には男性の連れがある。友人同士というよりは、部下か取引先かといったようすで、なごやかに会話がはずんでいる。

愛美は目があった紳士にお礼の意味で会釈だけした。いくぶん気ぬけしないでもなかったが、ご一緒に、などと云われるのも困ったことであったので、安心して食事を堪能した。

ひとり旅の女が、食前も食後もだらだらと飲酒しているのは、なにかを待ちこがれているようでみっともない。食後はすぐに部屋へひきとった。

それに借りもののドレスをいつまでも着ている――しかも無断で――のはさすがに気重で、いまとなってははやく脱いで気楽になりたかった。

部屋にもどった愛美は、ドレスをクローゼットにつるし、シャワーを浴びた。バスローブを着てくつろぎながら、テレビをつけた。すると見なれたマンションのフロントロビーが画面に映しだされ、上司がインタヴューを受けている。

「ごくふつうの奥様という印象でした。いつも身ぎれいにしておいでしたが、特別に目立つほどでもございません。ご近所とのトラブルもなく、ごあいさつもきちんとなさるかたですので、みなさま驚いておいでです。」

つぎに映ったのは、仁川《インチヨン》空港から羽田に移送されたミラノが婦警にはさまれて警察車両に乗りこむさいの映像だった。テロップには、愛美の知らない名前が出ていたが、姿かたちはまぎれもなくミラノだった。

愛美は報道記者の聞きとりにくいレポートに、必死に耳をかたむけた。ソウル、上海、香港、東京を行き来する窃盗グループの摘発とのことだった。宝飾店の強盗や、車上荒らしをする一味だ。

「盗んだ宝飾品は、いったんバラしてイミテーションにまぎらせたり、バッグやドレスの飾りのボタンやビーズといっしょに縫いつけるなどして持ちだされ、上海や香港でもとのかたちにもどしたうえで、売買していたようです。ほかに数名がかかわっており、事情を聴かれています。主犯の女には薬物売買の前歴もあり、その件でも取り調べ中であるとのことです。」

チェックインのさい、愛美はミラノの名前を書いた。探偵の尾行を攪乱する目的で彼女に扮しているのだから当然だ。住所もマンションのものだ。だが、あくまでこれはミラノの夫がやとった浮気探偵の目をくらますためであって、こんな犯罪とかかわるなど思いもしなかった。

部屋のドアホンが鳴った。愛美は息が止まりそうになった。こわごわドアスコープをのぞくと、先ほどディナーの席でカクテルをおごってくれた紳士と、その連れの姿があった。かたわらにはホテルの客室係もいる。

ああ、どうしよう。

ちらかしてるけど

両親の家を訪ねるつもりで立ちよった駅のちかくで、七年ぶりくらいにユカリ先輩と会った。ふわっとしたフェミニンな服がよく似あっている。昔の印象とちがうな、と感じたが、実は昔のことをそれほどおぼえているわけでもなかった。おたがい、そんなところで出くわすとは思っていなかったので、たいした内容もないままの立ち話が、むやみに長びいた。

しまいに先輩が、「ちょっと家へよってく?」とうながし、わたしもうっかりうなずいてしまった。ほんとうなら「きょうは、ほかによるところがあって。」と辞退すべきだったのだ。先輩もそのつもりで誘ったにちがいない。

駅前のせまい歩道を先にたって歩きながら、ユカリ先輩は「ちらかしてるけど、」と云う。だから、きょうは来てほしくなかったの、という本音がかくれているのかもしれないが、いまさら「それじゃ、出直してきます」とも云いだせなかった。

むろん、これからゆく家がちらかっているとは思えない。

わたしはものごとの理解が単純なたちで、人の本音をさぐるのは苦手だ。相手が二重三重の煙幕をはる場合は、なおさら手に負えない。

ややこしい人々とはつきあわないにかぎる。先輩とはこの七年、会っていなかった。わたしが筆無精なせいで、年賀状のやりとりもない。先輩は長らく海外暮らしだったはずだ。


学生のころ、ゼミの研究発表のまえに「だめ、ぜんぜん資料がそろってないの。」と云いながら先輩は研究室へ走ってゆくのだったが、終わってみればたいてい評価Aを得ていた。

成人式の記念に振り袖で撮った写真を見せてくれるときにも「徹夜でレポートを書いた翌日だから顔がぱんぱんにハレちゃって、みっともないのよ。」と云わずにはいられない。むろん、披露された写真はためいきの出るような晴れ姿だった。

ユカリ先輩は、あいかわらず「あの話法」をつかって暮らしているらしい。たがいが共通の目的や利益を追っていた学生時代でさえ、会話の枕にいちいち小さなウソをつく、そんな手続きがどうして必要なのか理解できなかった。いまはなおさら意味がわからない。

「あそこなの。」と先輩は、高台の南斜面に建っているあたらしい家を指さした。先輩の着ているチュニックが、風をはらんでふわふわとゆれる。

そのとき、わたしはやっと気づいた。先輩のチュニックはからだの線にそってふくらんでいるのだ。結婚以来、近田とのあいだになかなか子どもができないでいる、と風のうわさで耳にしたことがあった。とうとう、子どもをさずかったのだ。

近田はわたしと同級で、おなじゼミだった。卒業後に結婚の通知をもらうまで、ユカリ先輩との接点など想像さえしなかった。

広告研という、遊び人があつまって儲け話をしているような印象のサークルにはいっていた。実際には学生向け賃貸アパート・マンションの家賃比較や、スーパー別「ちらしの活用法」を載せたミニコミ誌を発行するなど、貧乏学生を支援するＮＰＯといってもよいほどの地味で実用的な活動が中心だった。

そのサークルに、場ちがいな美人として存在していたのがユカリ先輩だ。二歳年長で、お姉さんふうではあっても押しつけがましいところはなく、人あたりもよかった。

女っぽさを強調しない服装をえらぶ点でも好感がもてた。たいていナチュラルカラーのカットソーにデニム&スニーカーで、ときには男ものの大きめの綿シャツをさりげなく着ていることもあった。彼氏のRさんのを借りてくるのだ。

レポート提出でも試験でも、「最悪のでき」と云いつつ、ちゃんと結果をだす。そういう人は女子にきらわれるものだが、ユカリ先輩がそれをまぬがれていたのは、Rさんという、わたしたちには直接かかわりのないOBを彼氏にしていたからだ。

Rさんは、わたしたちが入学した春に卒業してデパートの社員になっていた。身長百八十センチまではないけれど、それにちかく、顔だちもそこそこによかった。服の趣味もいい。ようするに、ユカリ先輩とはお似合いの美男美女だった。

Rさんを相手に電話で晩ごはんの相談などしているときの先輩は、ちらしの「目玉商品」を話題にする口調が、いつものマーケティングのそれではなくて、家計をあずかる倹約家の主婦そのものだった。

やがてユカリ先輩は就活に追われ、サークルにはめったに姿を見せなくなる。いっぽう、わたしたち下級生の女子は夏休みになっても色気のない日常をくりかえしていた。休暇中はミニコミ誌も休刊なのに、「ちらし」整理とデータ蓄積のために、それに家にいるよりは冷房完備の大学構内にいるほうが涼しく――サークル部屋は扇風機だったがロビーで憩った——光熱費の節約にもなるという倹《つま》しい理由で、ちょくちょくサークル部屋にあつまってパソコン作業をしていた。

男子は美人がいないと足が遠のく。近田など、サークルを脱会したのかと思うほどサボってばかりいた。もっとも、どうでもよい存在だったから、だれも文句をつけなかった。

お盆休みの直前になって、評判のフィナンシェを手みやげに、ユカリ先輩がひさしぶりに姿を見せた。これがほんとうに黄金《きん》の延べ棒だったらねえ、とみんなを笑わせる。「ことごとく落とされて、たったひとつだけ面接までこぎつけた最後の砦をなんとか守ったの。」と云って内定がでた報告をする。中堅の広告代理店で、「今春の採用はなし」と公表していた企業だった。

わたしのなかで、先輩の印象がすこし変わったのがこのときだった。でも、なにがどう、という説明は自分でもできない。思ったよりもしたたかな人だと、そんなふうに感じていたのかもしれない。

先輩の内定は、近田の祖父の口ききによるものであったのを、あとになって知った。ふたりの接近に気づかなかったのだから、学生時代のわたしはずいぶん牧歌的だったのだ。

春が来て、ユカリ先輩は卒業していった。まもなくわたしも就活をはじめたが、文系の就職口は、せばまるいっぽうで、エントリーすらできず、先輩のようにどれかひとつに引っかかることもなかった。中堅はもちろんのこと、小規模な広告代理店、あるいはその下請けさえ門前ばらいだ。「今春の採用はなし」の文字が列をなしていた。

一年後、編集プロダクションのアルバイトとして働いていたわたしのもとへ、ユカリ先輩から一通の案内状がとどいた。近田と結婚し、彼の仕事の関係でしばらくフランスの、どこそこで暮らす、という内容だ。もう現地へ旅立ったあとだった。

近田のことなどとっくに忘れていたので、おどろかされた。わたしが近田について知っていたのは、はやくに両親を亡くし、かなりの遺産があって暮らしには不自由していないことや、骨太でソウルフルだが、ゆえにいくぶん暑苦しい往年のジャズシンガーが好きで、CDのほかにLP盤もコレクションしていたことぐらいだ。

いつもデパートで買ったと思われる服を着ていて、それ、もしかしてオダキュウ？と冗談でたずねると、うん、と答えるお人よしでもあった。いかにも祖父母に育てられたらしい素朴さだった。

アレルギーがあって牡蠣を食べず、くだものの柿もきらいだった。「カキもカキもお断りだよ」という、おもしろくもないフレーズを、笑わせるつもりで口にした。近田に借金をしている人だけが笑った。

ユカリ先輩に結婚の知らせをもらったときには、わたしの記憶のなかの近田の姿はもはやはっきりとした像を結ばなかった。背のひくい人だったが、金持ちだからいかようにも相手は選べるだろうと、学生のころはそんなふうに思った。

「どうぞ、あがって、」

ユカリ先輩はわたしをリビングのソファに案内して、キッチンのほうへ歩いてゆく。手さげからさぐりだした包みを、冷蔵庫へしまった。

さっき、先輩と会ったのは駅からつづく商店街の鮮魚店のまえだった。わたしはなんだか急にカキフライが食べたくなって、店頭の生ガキ（フライ用）の大文字に惹かれて近づいたのだ。母への手みやげにして、ついでに料理してもらおうと、調子のいいことを考えていた。

先輩はカキを買って釣銭をもらったところだった。いま、そのカキを冷蔵庫へしまったのだ。わたしはカキを買わずに来てしまった。母への手みやげもない。ここをおいとましたら、また駅前へもどってカキを買って、などと思いをめぐらせていたとき、ふと「カキもカキもお断りだよ」という近田のつまらない口グセが頭に浮かんだ。

するとすると彼は、カキぎらいを克服したのだろうか。ユカリ先輩の手料理なら、食べるのだろうか。

リビングもキッチンも、すばらしく片づいている。新築の家ということもあるが、白を基調にしたナチュラルカラーが心地よい室内は、洗練されたインテリアでまとめられ、いかにもユカリ先輩の家らしかった。近田がコレクションしていたジャズのＬＰ盤やオールドアメリカンなグッズはどこにもない。

ユカリ先輩がお茶をいれてもってきてくれる。線だけで鳥が描かれたシンプルでおしゃれなマグにコーヒーがつがれ、おそろいのお皿に小さな焼き菓子をのせてあった。

家のなかは、北欧風のものばかりだ。あきらかにスティグ・リンドベリのデザインとわかる絵柄の高そうなテーブルウエアや、天然素材のカゴ、鳥の姿をしたオブジェなどが、すっきりとならぶ。予想どおり、チリひとつない部屋だった。

ユカリ先輩が昔から北欧に興味をもっていたとは思えない。わたしは学生のころからムーミンが好きで、ムーミン一家の暮らしぶりや、ムーミン谷の景色にあこがれた。それが北欧全体への興味に拡大していった。でも、旅をするお金の余裕も時間もなくて、それらしい雰囲気をかもしだすモノを見つけては、ひそかな満足感にひたっていた。

そのころ、ユカリ先輩はムーミンにはまるっきり興味がなく、スティグ・リンドベリの名前も知らなかった。広告研の資料として古本屋で買った古雑誌に、昔のセイブの包装紙がたまたまはさまっていた。それを見つけたわたしが小躍りするのを、先輩は不思議そうにながめていたくらいだ。

海外暮らしのあいだに、興味をもったのかもしれない。真あたらしい家には、ことに北欧デザインの家具や天然素材の小物がよく似あう。たくさんのものを置かずに、すっきりと片づいた部屋。ほこりや虫とは無縁の、清潔できれいな家。……でも、どこかまがまがしい。

ムーミンの話題で楽しめるとは思えなかったので、だまっていた。うっかり断りそこねて自宅までおしかけてしまったけれど、もともとなにも話すことはなかった。学生時代にも先輩とわたしのあいだには共有できる趣味なんてなかったのを、いまさら思いだした。

先輩はわたしがなにを語っても「へえ、おもしろいね。」と云うだけで、会話はつづかなかったのだ。

駅前の通りではまだ話し足りない気がした昔話も、家のなかで落ちついて語るほどのことでもなかった。わたしも先輩も、だまりがちになる。たいして会話もかわさないまま、お茶をごちそうになって、おいとました。

それからしばらくして、こんどは広告研で仲がよかったMに会った。近況をつたえあったのち、このあいだユカリ先輩の家へ遊びにいった、と話した。へえ、とMが云う。どことなく会話がかみあわない。瓶とキャップのネジ山があわずに空回りしているかんじ。

そのうちMがわたしの会話をさえぎるように云った。

「近田はおととし死んだんだよ。葬式にいってきた。」

ユカリ先輩は現在、昔の恋人だったRさんと再婚しているそうだ。あの北欧風に片づいた家は、そのふたりの新居だったのだ。来年の春ごろ生まれてくるのも、Rさんとのあいだの子どもだ。わたしは近田の家だと思いこんでいて、表札を見もしなかった。

近田の死で、ユカリ先輩は少なからぬ遺産を手にしたらしい。

あしたは晴れる

雨雲のあいまから、薄日がさしている。湾をめぐる定期船が、いましがた桟橋をはなれ、少しずつ遠のいてゆく。

知也《ともや》がここで暮らすようになって半年が過ぎた。土地の人がホンデンと屋号で呼ぶ家の別荘番をしている。だが、昼間はそれとはべつに、桟橋ちかくの食堂で店員としてはたらく。

わけあって施設で暮らす父のもとへは、盆休みに一度顔をだしたきりだった。さいわいに、と云うべきか、父の時間は四半世紀も昔の学生時代にとどまったまま進まない。

会うたびに、近々提出するはずの論文を書き直している。その意味において頭脳は明晰で、ことばもはっきりしている。父は学生結婚をして、子持ちになったのだ。知也はそう聞いている。

論文を書くあいまに、窓の外をながめて「あしたは晴れる」とつぶやく父。それは、永遠にめぐってこないあしたである。空も雲も、ほんとうの意味では父の目に映っていない。

ものごころがついたとき、知也の父はすでにこんなふうだった。母は産後に体調をくずして亡くなり、彼は祖父母の手で育てられたのである。

知也は会社員で、上司の命によっていまの職場へ出向している。書類のうえではそうなるのだが、実態は人事部の管轄外におかれ、副社長の犬飼《いぬかい》が好き勝手にできる、文字通りの犬なのだった。

そうした部下のなかで、もっとも若手の知也にはわけのわからない仕事ばかりがまわってくる。別荘番とこの食堂での店番もそのひとつだった。

土地の売買と開発をなりわいとする中堅規模の企業で、バブル期にうまく立ちまわり、かえって資産をふやした。副社長は五人いて、それぞれが派閥をつくっている。犬飼はそのなかでも突出して若い五十そこその副社長だが、オーナー一族ではなく実力でのしあがった男だ。口と体をつかう。人懐こさで近づき、ためらわずに切り捨てるということを平然とやってのけてきた。

知也のような子飼いは、役員面接のさいに選別される。本人はむろん一般の社員として採用されたつもりで入社式にのぞみ、そこではじめて、自分の給料が直属の上司のポケットマネーで支払われることを知るのだ。

旧家の所有だったホンデンは、殿さまの家という意味で本殿の字をあてるのだろうが、いまではたんなる屋号でしかない。半島一帯の土地開発をするさいに、犬飼はここを個人で買った。

ホンデンのもとの所有者は半島開発の反対派で、まだ若造だった犬飼がそれを短期間で処理した。以後交渉のエキスパートとして社内の地位を築いた。ホンデンは半島の高台にあり、なかでも景色のよい突端に母屋が建っている。それは知也が店番をする桟橋の食堂からも、仰ぎ見ることができた。

食堂の調理人は、午后二時をすぎればいったん自宅へ帰ってしまう。そのあとは夜の営業まで、つくりおきのサンドイッチや調理パンを売るだけになる。それとても数がかぎられ、三時をまわったいま、残りはわずかだった。

常連の釣り客たちはそんなことを百も承知しているから、三時すぎにやってきて、なにか食べさせてほしいなどとは云わない。そもそも、そんな時間には寄りつきもしない。日暮まで大物を狙って沖にとどまるのだ。

五十にとどくか、もうちょっと若いくらいの女が店の戸口にたたずんだ。それだけでも悪目立ちするのに、都会の通りを歩くような黒のレインコートをまとい、高級そうな靴をはいているのがいかにも場ちがいだった。品書きを目で追っている。

「あいにく昼営業は二時で終わって、あとは売店にあるものだけなんです。」

知也は調理パンの棚へ女をうながした。

「ダシの匂いがしていたから、まだ営業中なのかと思ったんだけど。」

それは知也がまかないで、アラを煮ているからだ。定期船が釣り客を乗せてくる週末の昼どきは食堂が混みあうため休憩がとれず、調理人が帰ったあとで、おそい昼食をとるのが常だった。

「まかないなんです。」

「よぶんにはないの?」

くだけた口ぶりというよりは、親しげなといったほうがよいくらいの調子で、女はそんなことをたずねる。

数日分をまとめてつくっていたので、よぶんにあることはあるのだが、それは店では出せないものだ。

「ぼくは調理人の免許がないんです。ですから、お客さんには出せません。」

「身内だったら、かまわないんじゃない？　親戚のおばさんってことにして。」

強引だが、ある種のゲームに誘うような口ぶりに、知也もつりこまれた。この意外性は閑《ひま》な時間の店番を持てあます彼には刺激的だった。

「濃いめの味つけですよ。保存食のつもりだったから。」

「かまわないわよ、おいしければ濃くたって。」

「まずいかもしれません。」

「この匂いだもの、おいしいにきまってるじゃない。」

それなら、と知也もおれて、ちょうど味がしみこむころあいだったのを、もうひと煮立ちさせて皿に盛りつけ、ほかに客のいない食堂でいっしょのテーブルについた。

「おばさんっていうよりは、母親の年代よね。」

「女の人の年齢は、見かけではわかりません。」

それに、とこれは胸にたたんでおくことだったが、知也は母親の明確なイメージを持っていない。亡くなった母の写真もない。

「なら、教えてあげる。顔じゃなくて、手を見るの。指の節のところのシワを数えるのよ。深いシワが三本なら三十代、四本なら四十代ってところね。顔は化粧でごまかせても手はだめ。中年女は疑り深いから、若く見えると云われても手放しでよろこぶほど単純じゃないの。だけど、数えきれないほどシワがあったら、そのときは思いきって若く見つもるの。実際は七十歳の人に、六十前ですよねって云えば、たくさんおこづかいが稼げるわよ。」

「……稼ぐって？」

「文字通りの意味よ。」

女はごちそうさま、と云ってテーブルに一万円札をおき、脱いでいたコートをはおった。

「これはいただけません。」

知也は一万円札を女の手に返す。

「親戚のおばさんがよこしたおこづかいなんだから、遠慮なくもらっておきなさいよ。」

「そう云われても。」

「だったら、こうしない？　これから別荘へいくんだけど、実は買ってからはじめて来たのよ。日用品やなんかをどこで調達するのか、わからないの。この一万円で手配を代行してくれたら助かるわ。見たところ、桟橋の向こうのガソリンスタンドとこの食堂と、商店らしいのは二軒だけよね。」

「そのとおりです。燃料はあそこのガソリンスタンドで、そのほかの雑貨と食品は、会員登録していただけば、こちらでとなり町のスーパーへ注文して、つぎの定期船に積まれてくるのを、それぞれのお宅へ配達するんです。陸路の宅配便より早いですよ。」

「そうだと思った。会員登録をすれば、きょうにもすぐにお願いできるのかしら。これが別荘の番地と、この週末に必要なものなんだけど。」

手渡されたメモにはホンデンの番地が書いてあった。

「……こちらのお宅はぼくのもうひとつの職場でもあるんですけど、上司の所有で。お身内なんですか？」

オクサマですか、と訊かずにおいたのは、犬飼が妻帯しているとは想像しにくかったからだ。たしかめていないが、疑うべくもなかった。

「あの人、部下には独身だと云ってるの？」

いちだんとくだけた調子で、女はそのまま笑いだした。少なくとも、知也はそう思っていた。犬飼の情人はすべて男であるという客観的な事実によって判断したまでだった。

しかし、社会的地位のある男が、世間体のために妻帯する例は、めずらしくもない。その場合、欲望の在り処はまたべつの話だが、この女なら夫の性癖を気にもかけないだろうと、知也は思った。夫婦をつづけているのは、たがいの損得がつりあっているからにちがいない。

犬飼夫人が日用品を書きだしたメモを見て、知也はあすの午后には配達できると伝えた。例外は灯油だった。

「これはガソリンスタンドではなく、となり町の燃料店の受けもちなんです。次の配達日は水曜日で、それまでお待ちいただかないと。でも、あの家の暖房はエアコンとガスストーブだから、灯油は必要ありませんよ。」

「防災用に小型発電機を買ったのよ。それが、きょう配達されるの。だから、受けとりをかねて、来てみたのよ。オイルがないと試運転もできないでしょう。」

「旧型の中古品でも買ったんですか？」

知也はおどろいて、訊きかえした。いまどきの小型発電機は、灯油ではなくレギュラーガソリンで駆動できるはずだからだ。

「実はそうなの。最新型はどこのメーカーも供給不足で、予約しても半年待ちだと云われたの。だからそのあいだの備えに中古品を買ったら、灯油式だったのよ。」

夫はひそかな遊興のために別荘をつかい、妻はそこを万が一の避難先として考えている。しかし、ていどの差こそあれ、そのぐらいの溝はどこの夫婦のあいだにも生じるものだろう。

ただ、週末の夜は最終の船で犬飼本人が情人をつれてこの半島へやってくるのが常である。ふだんは別居しているらしい夫婦の思わぬ鉢合わせになるわけだ。だが、それをふせぐのは知也の仕事ではない。

最終便が桟橋についた。犬飼はめずらしくひとりで船をおりてきた。夫人はひと足はやく別荘へ向かい、いま食堂のなかにいるのは知也ひとりだった。もう閉店時間になり、戸締まりをはじめたところだ。

夫人に口止めをされている。だから知也は彼女の来訪を伏せて、犬飼にビールをだした。そのまま、店の戸締まりをつづけた。うしろから抱きつかれる。

「どこかの、おばさんが来なかったか?」

犬飼は察していたようだ。知也は、どなたも見えません、と答えた。犬飼は知也をつかまえたまま、ビールを飲んだ。

「あそこは、あのおばさんの実家だったのさ、」

犬飼はあくまでもおばさんと云う。旧家の娘と土地ブローカーが結婚した理由はまともではないだろうが、夫婦の問題は知也には関係のないことだ。

「ついでに云えば、おまえさんが生まれた家でも……ある……けどな、」

犬飼は床へくずおれた。知也がのぞきこんだときは、もう寝息をたてていた。予定どおりである。知也は車をだして犬飼をホンデンへ送りとどけた。夫人にうながされ、港口の食堂へもどって寝た。

夜半すぎ、ホンデンが炎上した。食堂からも燃えさかる炎が見えた。近隣の住民が気づいたときは、もう手のほどこしようがなかった。母屋は全焼し、逃げおくれた犬飼夫婦が亡くなった。現場検証の結果、旧型の発電機に灯油とまちがえてガソリンを使用したことによる失火と断定された。

夫人は食堂を立ち去るさい、知也に忠告をあたえた。「いままであなたが無事だったのは、これからたっぷり楽しむつもりがあったからよ。抵抗なんてムダ。あの男はね、欲しいものはどうあっても手に入れるし、食べつくすの。わたしの弟はそれで廃人になったわ。」

夫人は知也の手に、薬の包みをすべりこませた。知也はそれをビールにとかしこんだのだった。ホンデンが炎上するとまでは思わなかった。

行ってらっしゃい

しばらくまえから耳が遠いふりをしていたけれど、実はよく聞こえていたのよ。はやくお迎えが来てくれるといいのにって、あなたがつぶやくのもね。

友だちには、娘さん一家と同居なら気楽よね、と云われるの。めんどうだから「おかげさまでね」と答えておくけれども、それはうそよ。同居を楽しめるほど気のあう母娘じゃないものね。

わたしたちって、昔からボタンを掛けちがえたコートを着ているようなものだった。どこかが引きつれたり、おかしなシワができたりで、しっくりしないの。

いったん全部のボタンをはずして、イチから掛けなおせばよいのだろうけど、子育てはそういうわけにはいかないもの。だいいち、ほんとうの最初からあわなかったのよ。育てかたのせいじゃない。

もちろんおぼえていないでしょうけど、ばら色のニットのロンパースを編んだことがあるの。つまさきまで、すっぽりくるむ上下ひとつづきの赤ちゃん用の服を、昔はそう呼んだの。はいはいをするころに着るのよ。モチーフ編みのばらをちりばめた可愛らしいできばえだったわ。

それがあなたったら、ちっとも似あわないし、気にいってもくれなかった。着せたとたんに顔を真っ赤にして泣くんだもの。はじめは服のせいだなんて思わないから、熱があるのかと心配したり、どこかケガをしたのかとあわててからだをさぐったり。ちっとも泣きやまなくて、それなら、とりかえたばかりのオムツかしら、と思ってロンパースを脱がせると泣きやむのよ。まさかと思ったけれど、何度ためしてもおなじ。

ところがね、パパがマリンルックふうのを買ってきたら、よろこんで着るの。男の人の買いものは、値段なんておかまいなし。たいした高級品よ。生まれついてのブランド好きだったわけね。たった一歳の赤ん坊にも、あんなにきっぱりした好みがあるなんて、びっくりだった。

あなたは子どものころから、パパになついていたわ。先に逝くのはママであってほしいと思っていたでしょうけど、逆でおあいにくさま。

だけどあなた、考えたことある？　ムコどのの両親だって、わが子と同居したいと望んでいたのよ。ひとり息子だし、向こうのお宅にも二世帯住宅にできる敷地はあるんだもの。じゅうぶんすぎるくらいにね。

ただ、東京じゃないというだけ。それで遠慮なさったの。いまは通勤快速が通っているから、引け目も割り引かれたと思うの。わたしがいなくなれば、とたんに同居の件を云ってくるんじゃないかしら。

あなたのムコどのは、よくできた人だと思うわよ。この家に同居するときも、表札を門柱にならべてかかげるほかは、条件をつけなかったものね。もっとも寝に帰ってくるだけの人には、それ以上の望みなんてないのでしょうけど。

夕食もほとんど外ですませてくれるんだもの。妻は楽よね。うちのパパは残業があって夕食を外ですませる日でも、晩酌は欠かさないという人だったから、わたしは消化のよいオードブルをこしらえて待っていたものよ。急に部下を連れて帰るからって云われても、そうなの？　こちらは大丈夫よ、なんて余裕しゃくしゃくでね。その点、あなたはお気楽な主婦よね。

息子とふたりで家にいるのが好きなんでしょう。男の子を持ったことがないから、どうしてそう仲よしなんだか、わたしにはさっぱり理解できないけど、あなたの息子はね、母親といっしょのときだけ、お行儀がいい子どもだった。ひとりになれば小悪党よ。

わたしの背中に向かって声を出さずに、ばばあって云うの。どうしてわかるかって？　手鏡というものがあるのよ。

名前はまったくいただけないわね。日々登《かいと》だなんて。一月生まれだから、おめでたく凧あげをするって意味なのかしら。凝りすぎ。あなたが信子という自分の名前を気にいっていなかったのは承知してる。だけど本名というのは、折り目正しい文字をつかって、ことさらな意味をこめずに、すっきりしているのがいちばんなの。凝りたければ、あとで別名を持てばいいじゃないの。

近所のひとに、お孫さんもりっぱな若者になって頼もしいかぎりね、なんて云われるけど、頼りにしようと思ったこともないから、返事のしようがないわ。いくらか賢そうに見えたのは小学校の低学年までね。

いまの日々登は、七十過ぎのばあさんになど一ミリほどの関心もない。その一ミリというのは、ちょっとした文庫本の三十ページぶんくらいで、彼が一年かけて読む活字量に相当するかしら。そんなていどよ。

あなたと彼は、気のあう同士のようね。いわゆる友だち親子というの？　思春期もとりたてて緊張するほどのことはなく過ぎて、けっこうだったわね。

このごろは服にしてもスキンケア用品にしても、親子でおなじブランドものを愛用しているのね。気のあうこと。休日に連れだって出かけて、そろいのショッピングバッグをさげてもどってくるのには、まったくおどろかされるわ。

別々に出かけるよりガソリン代やパーキング代が節約できるってことなんでしょうけど、ランチをいっしょに食べて、前菜やデザートをシェアしたなんて聞くと、気味が悪いくらいよ。

そんな日のムコどののランチは、朝寝坊したあとで近所で買ってくるコンビニ弁当よ。根菜の煮しめだの、きんぴらだの、ピリ辛コンニャクだのがおかずに詰めてあるたぐいよ。カロリーをひかえているのか、お値段のほうをひかえているのか、わたしにはわからないけれども。

あなたと日々登は、ヘアサロンも共通でしょう？　さすがにいっしょに出かけはしないみたいだけど、いつもおなじヘアトリートメントの匂いをさせているものね。

それでいて、わたしの世代の〈ボクちゃんママ〉たちと大いにちがっているのは、息子に云いよる若い娘と、いたってフレンドリーだということね。その娘の母親ともすっかり親しくなるんだもの、まったくけっこうな社交術だこと。

わたしには無理。ムコどのの両親とは、たまにしか会わないから、どうにかつきあいができるの。大河ドラマの、つまらないタレントの話で楽しめるガラじゃない。だいいちそんな番組を見ていないもの。あなたの世代のママたちみたいに、カンタンにお友だちにもなれない。とてもじゃないけど、レシピの交換だとか、手作りケーキのおすそ分けだとか、そんな真似はできないし、お断りよ。

近ごろのあなたがた母子の話題は、このばあさんをどこか手ごろなホームへ入居させて、「あの理想的な離れ」をいかにして分捕るか、ということにつきるわね。

母屋と廊下でつながり、独立したバストイレとキッチン、庭側からの直通の出入り口のある、いわば平屋の一戸建だもの。魅力よね。

しかもフローリングの機能的なワンルーム。パパとの老後にそなえて、バリアフリーにしたんだもの、当然よ。日々登がまえまえからここを狙っていることくらいお見通し。

真夜中に帰宅してもお風呂がつかえて、友だちを好き勝手に誘うこともできる。あなたも賛成しているんでしょう。息子と彼女のお泊まり愛を公認するつもりなのかしら。できた母親だことね。

あいにく、大学受験にそなえて落ちついた部屋をあたえたいという口実はつかえなかったわね。小学校の入学まえに、ちょっとした「おつむ」と要領のよさがあれば、あとはレールに乗って大学まで行かれる学校へ導いてやったのは、あなただもの。

柿の実は葉が落ちたあとで実ります、なんてしたり顔で答える五歳児だったわ。りんごは水に浮きます、だなんて得意になって答えていた。

ふつうは成長するにつれて知識を磨くものだけど、彼がツルツルにしたのは、本来はシワがふえてゆくはずの脳みそのほうだった。

そうそう、お肌もすべすべね。それはわたしの母方の家系の遺伝でもあるけど、あなたもオーガニックのベビー用ハーブオイルとやらで、せっせとお手入れしてあげたんだものね。なんといったかしら、聞きなれない、……クマツヅラ？　フランス人やイタリア人が好む香料なんでしょう。そういったものをとりよせて、磨きをかけたたまものよ（この文脈だと、ちょっと意味深ね）。

あなたが中高生のころはニキビひとつで大騒ぎだった。日々登はそれほど大きな肌のトラブルはなかったわね。くどいようだけど、わたしのほうの遺伝よ。うちの家系は、肌理が自慢で、男性でも月面みたいな人はいないの。噴火ニキビなんてできるとやっかいよね。

話がそれたわ。部屋のことよ。

いまでこそ、ウチのあたりは高級住宅街だけれど、昔はそこらじゅう桑畑だったの。養蚕が盛んでね。

父が亡くなったときに、家のまわりだけを残して、ほかの畑はぜんぶ手放したの。宅地の開発業者が買ったわ。母は早死にだったから、相続人はわたしだけ。税金をたくさんとられたけれど、それでもかなりのお金がのこった。

結婚してしばらくは、古家のまま人に貸していたの。パパの勤め先は転勤が多くて、社宅もあった。あなたも社宅暮らしのころの記憶が、すこしはあるでしょう。

パパが本社へもどったとき、父の遺産でこの家を建てたのよ。

なにがなんでも、ここに居すわろうとは思っていないから、安心して。ゆずってやれなくもないの。

ただね、はっきりさせておきたいんだけど、この土地も家も、名義人はずっとわたしなの。パパは同居人だった。わたしじゃなくて、パパが自分でそう云ったのよ。わきまえのある人だったもの。だれかさんと、ちがって気配りもきく。

ねえ、わかってる？　あなたがた一家はいまのところ、たんなる居候よ。あなたが厚かましい娘だからか、ムコどのがうっかり者なのか、地代も借家代もいれたことがないわよね。そりゃあ、光熱費はいただいているけれど、このあたりは駐車場料金だけでも高額なのよ。わたしは、たいそうな税金をおさめてるの。パパの退職金をそれにあてているから資金はあるんだけど、そういうことじゃなくて、道理の話。それと気持ちね。

あなたと日々登が、日帰り軽井沢ですの、青山のヘアサロンですの、銀座でランチですのって、優雅に遊び暮らせるのは、家賃の負担や住宅ローンがないからでしょう？だからって、感謝のひとこともらったおぼえがないわ。

おまけにこんどは、家族そろってヨーロッパ旅行だなんて、けっこうなご身分だこと。聞こえないと思って、いつもわたしのいるところで相談していたわよね。ほんとうは息子とふたり旅がしたいのに、海外では夫婦そろっているのが常識だから、ムコどのも同伴するというわけね。

安心してちょうだい。あなたがたが、二週間の旅行を楽しんでもどってくるころには、すっかり手続きを終えておくから。

なんのって、家と敷地を売却して、医療サービスつき高齢者用マンションに入居する話よ。ご希望どおり、離れは残しておいたわ。そこに一家三人で暮らすのも、仲良し親子にはぴったりだと思うけど、日々登にゆずって、夫婦はムコどのの両親と同居するという選択もあるわね。

なにしろ、高齢者用マンションは保証金と入居費がとても高いの。税金もたっぷり。母屋の土地を古家つきってことで売り払ってトントンだったのよ、悪いわね。

お正月は家で過ごせるけれど、一月末までには引き渡してくださいってことだから、よろしくね。

それと、ずっと秘密にしていた打ち明け話をひとつ。

あなたには気づかれていない自信があるの。だいたい、あなたってわたしのことなんて、一ミリどころかまるで興味がないものね。ある意味で日々登よりたちが悪いわ。

そんなに深刻そうな顔をしなくても大丈夫よ。秘密と云っても、いまとなってはたいしたことじゃないの。若いころは、ほんとうに深刻な悩みだったけれど、こうしておばあさんになってみると、かえってラクチンだわ。若いうちからウイッグになれていたおかげで、どう？　すごく自然でしょう。

二十歳のころに、ある日突然ゴッソリ抜けたの。修行して尼僧になろうかと思ったくらい。病気というわけじゃないの。たちの悪い遺伝なのよ。あなたは、パパの娘で助かったわね。髪は自慢だったでしょう？　わたし、ちゃんと髪の毛の濃い人を選んだから。だけど、ごめんなさい。ハゲる遺伝子って、X染色体のほうにあるんですって。日々登はそれ、持っていると思うわ。半分の確率だけど、肌理《きめ》のこまかい肌とセットだから、たぶん近々……。

空港ロビーでする話じゃなかった？　ともかく気をつけて行ってらっしゃい。

おかけになった番号は……

霊園ゆきのバスはいつも混んでいたが、彼岸や盆でもなければ、終点の霊園前まで乗る人は少ない。バス停ごとに数人ずつ降り、やがて団地の入口にあるバス停でごっそり下車すると、あとはもうひとりか、ふたりが残るばかりだった。

坂口は事務機器のリース会社の営業マンで、月に一度、霊園事務所を訪ね、機器のメンテナンスと消耗品の補充をする。電車にゆられ、都内の六つの区と一つの市を横切ってゆく長い道のりだ。

さらに、着いた駅でバスに乗る。窓から、高々と空へのびる煙突が見える。彼はそれを火葬場の煙突であろうと思いこんでいたが、そうではなく、霊園に隣接するゴミ焼却場の煙突であると、バスの乗客が話すのを耳にした。

そこには温水プールもある。焼却のさいに発生する熱エネルギーで水を温め、循環させているのだ。まだ汗ばむ季節にそれを知ったときは、さほど興味を持たなかったが、木枯らしの吹くなか、凍えながら外まわりをするいまの坂口は、温水ということばに強く惹かれるのだった。

彼は冷え性になやまされている。女性に特有のなやみだと思われがちだが、冷えやすい体質は男にもあるのだ。熱をたくわえておけるのは筋肉で、その絶対量が男にくらべて少ない女のほうが、より寒さに弱いというわけだが、おなじく痩せた男も筋肉の貧弱さによって、冷え性になるのだった。

寒さで足が痙《つ》る。はじめは靴のなかで足指のどれかが鈍く痛み、それをかばおうとするうちに、ふくらはぎのあたりの筋肉がひきつるのだ。それだけならまだしも、筋肉が極度に緊張することで、からだをひきさかれるような痛みをともなうことがある。

くし刺しの鮎の姿が目に浮かぶ。むろん身の貧弱な、うま味のない鮎である。三十代なかばの坂口は、はやくも筋肉の劣化を感じていた。古びた弁当箱の内ブタの周囲にめぐらしてあるゴムとおなじで、かろうじてゴムとしての外見をとどめているものの、拡大すれば穴あきチーズのようにスカスカなのだ。チーズならまだしも弾力だけは残っていそうだから、スのはいった茶わん蒸しとでも云おうか。いつか、ぐずぐずに崩れてしまう気がしている。

そんな連想をするのは、弁当のせいだった。このところ、冷えこみで胃のはたらきが鈍っている気がしたので、消化のよいものを、と妻にたのんでおいたところ、くずれた玉子豆腐のようなものが、弁当箱にはいっていたのである。そればかりで、銀しゃりもない。

鶏そぼろとシイタケとかまぼこが埋もれ、三つ葉がのっている。それで、妻がつくるいつもの茶わん蒸しなのだと気がついた。彼女は細切れ肉ではなく、ひき肉をつかうのだ。

なんの暗示だろうかと、坂口は考えてみた。どうぞ、と手渡してくれたときの妻のようすは、ふだんと変わらなかった。だが、いくら消化がよいといっても、平常心で、茶わん蒸しを弁当箱につめるとは思えない。

弁当箱のフタをあけたときの状態は無残だった。茶わんの中身をぶちまけたような、ありさまだ。箸ではなく、スプーンが添えてあった。もしこれが、妻の静かな怒りの表明であるなら、その底はかなり深い。

バスにゆられながら、彼はこの数日のあいだの妻とのやりとりを、あれかこれかと思い浮かべてみた。あるいは、もっと古い話かもしれない。いずれにせよ、坂口に心あたりはなかった。

子どものいない夫婦である。欲しくないのでも、できないのでもない。そのうちに、と妻は判断を先おくりにする。自分の責任できめるのが、おっくうなのだ。坂口にも積極性はない。とくに子ども好きでもなく、なりゆきしだいで考えるつもりでいた。老い先のことも、話しあわずにいる。まだ若いつもりでいるからだった。

所帯を持ったのも、意志の表明をなまけたからだとも云える。ためしにひとつ屋根の下でくらしてみては、と人にすすめられて、あいまいな返事をするうちにお膳立てがととのい、ふたりともそれに逆らうでもなく、ずるずると結婚にいたったのだ。

情熱的で強引な人物がこの夫婦のあいだに割りこむすきは、どこにでもあった。もっとも、割りこむ価値があるかどうかはべつ問題である。

それでも、子ができればできたで、坂口はその子らを、ごくあたりまえに可愛がるだろう。そういう性分だった。

神社の参道をなかほどでそれて脇道へはいる。古びた小さな家々が、せまいところへぎゅう、と栗の実のように詰まったごとくかたまっている。そのなかの一軒で、坂口は妻と暮らした。

妻ははたらいていない。坂口が稼いでくる薄給をやりくりして、暮らしを立ちゆかせるのが彼女の仕事だ。家計簿をこまめにつけている。坂口は、あえて目を通さなかった。

それは妻の領分である。足りない、と云われたこともない。家のなかも、いつも小ぎれいだった。だから坂口は安心して仕事に出かけ、きまじめにはたらいた。

子どもがいないので、先々の教育費を貯めこまなくてもいい。財布に余裕があるときは、ふたりでごちそうを食べに出かける。ぜいたくというほどでもない、そこそこの店で満足だった。分相応の、静かな暮らしがつづいた。

この先も、こんなふうに暮らしてゆくのだろう、と坂口は思っていた。妻がなにか不満をかかえていたとも考えにくい。だが、弁当箱に茶わん蒸しというのは、これまでになかったことであるし、尋常でもない。妻の心には、なにかやっかいな障害物が沈んでいるにちがいなかった。それとも魔物かもしれない。

「おとなり、よろしいかしら?」

ふいに声がかかった。バス停である。坂口はふたり掛けの座席の窓がわにすわり、通路寄りはあいていた。どうぞ、と答えた。

腰痛か、ひざの関節痛をかばうらしく、やっとのことでとなりの席におちついた年配の婦人の手さげから、ゴムキャップとタオルがのぞく。焼却場のプールへゆくのだろう。足への負担が少ない水中での軽い運動として、温水プールでのスイミングスクールは中高年に人気がある。

外が寒い冬場ほど、にぎわうようだ。坂口も、にわかに温水プールに浸かりたくなった。となりの婦人がプール前のバス停で降りてゆくのにつられて、彼もバスを降りた。水着とタオルぐらいは売店で売っているはずだ。

なだらかなスロープをのぼった先に、プールの入口がある。体育館のような造りだ。バスで乗りあわせた婦人に少し遅れて建物内にはいり、受付にならんだ。自治体の運営なので、役所風の手続きをもとめられる。市民ではない利用者は住所氏名を台帳に記入して、料金を払う。

その日の受付順に名前がならぶ。坂口はそこで妻の名前を見つけた。自宅からはだいぶ遠いこんな場所にいるとは、予想もしていなかった。霊園事務所へは月に一度の営業で足を運ぶ坂口だが、毎月おなじ日というわけではない。とうぜんながら、妻は坂口のスケジュールを知らない。知ろうとするそぶりもない。坂口にしても、自宅にのこしてきた妻の昼間の過ごしかたを知らなかった。

朝食のあとかたづけを終えて洗濯をし、掃除をすませ、近所の買いものにでて、もどって昼を食べ、午后は本を読んだり、好きなレース編みをしたり、そんなふうに過ごしているのだろうと、勝手にきめていた。

プールの施設は、まだ新しくきれいだ。かまぼこ型の天井には、矢羽のように採光窓がならび、どこかしら駅のプラットフォームを蔽《おお》う屋根に似ている。白色の照明が陽光のようにふりそそぐ。

坂口はプールで泳ぐ人たちのなかに、妻の姿をさがした。年配の婦人たちが、洋なし型のからだを水着におさめて、ビート板の浮力を借りながら、ゆったり泳いでいる。妻はそこにはいなかった。プールサイドにも姿はない。

べつに見つけだす必要もない。おたがい、こんなところにいるとは思っていないのだから、自分は予定どおりに温水プールに浸かり、もし妻を見かけたら、そこで驚けばいい。

坂口はそう思いなおし、小学生のときに習ったとおりの準備体操でからだをほぐした。屋外のプールでは、夏でも水の冷ややかさがある。温水プールは冷めた風呂にはいるようなもので、その中途はんぱなかげんが、いくらか気持ちが悪い。だれかの温もりがのこるコートを着るような、そういう感じだった。

コースロープで仕切られたなかを、ひとりずつまっすぐ泳ぐ。飛びこみとターンは禁止だ。端まで泳いだら、またプールサイドを歩いてスタート地点へもどる。

坂口は背泳ぎで、天井の梁を目安にゆるゆると進んだ。だれと競うのでもないから気楽だ。白い照明がやけにまぶしい。それはまぶたを閉じても、消えずにのこった。ほの白んださきに中二階のテラス席が見える。そこで語らう男女の女のほうは妻だった。男は知らない。

横から波がきて、坂口のからだを越えていった。突然だったので、まともに波をうけて、彼はうっかり水を飲んでしまった。とっさにロープをつかもうとしたが、つかみそこねてよけいにからだが沈んだ。

湿気で重くなった布団のように温水がからだにのしかかる。立ちあがろうと思ったときに足が痙った。素足で古釘を踏んだような鋭い痛みが走った。その痛みのためにからだが反りかえる。

なにかにつかまろうとして、もがけばもがくほど状況は悪くなる。からだが水のなかへ沈み、口や鼻から水がはいりこんでくる。

まだ意識はあった。水面を透かして、白色の照明がかがやいている。それがしだいに坂口の視界全体にひろがり、あたりが真っ白になった。やがてこんどは、少しずつ暗くなってゆく。

「坂口さぁん、坂口さぁん」

遠くで呼ぶ声がする。おぼれかけているところを、だれかが見つけてくれたのだろう。彼はおぼろげに、そう判断した。からだはまだ水のなかにある。水天井を透かした白色の光がゆれる。

彼が目をさましたのは、泡だらけの浴槽のなかだった。プールで泳いでいた場面と、なかなか記憶がつながらない。浴槽のお湯はずいぶんぬるく、腰のあたりまでしかない。妻が背中を流してくれているのも奇妙だった。結婚以来、そんなことをしてもらったおぼえがない。自分でするからいいと云おうと思ったが、眠気で口をきくのもめんどうになった彼は、またまぶたを閉じた。

「お風呂が気持ちいいのはわかるけど、ここで寝ちゃだめよ。きょうは息子さんたちがいらしてるから、このあとで、お庭の散歩でもしていらっしゃいな。」

妻がだれかに話しかけている。はじめは、そう思った。「坂口さん、聞こえているんでしょう?」と云われ、ようやく自分のことなのだとわかった。

困ったことになった。妻のふるまいが、このところ少しおかしかったのは、つまりこういうわけだったのだ。いつのまにか心を病んでいた。彼女には、看護学校を中退した経歴がある。父親が病気のためにはたらけなくなり、学費を工面できなくなったのだ。その悔いがこんなふうに、こわれた意識と結びつく。

彼は会社に電話をいれなければ、と思った。暢気に泳いでいる場合ではない。妻に医者の診察を受けさせる必要があるだろう。入院となれば、会社に休みをもらうつもりだった。

起きあがろうとしておどろいた。ひとりではどうにもならないのだ。見知らぬ男たちが手をかしてくれた。ささえられて、よろよろと立ちあがった。坂口の背丈は、かこんでいる男たちの肩ぐらいまでしかない。いつのまにか、縮んだようだ。

会社に電話をかけると主張して、坂口は男たちにつきそわれてロビーの公衆電話にたどりついた。指先がよく動かない。男のひとりが、つたえた番号へかけてくれた。坂口は受話器を耳にあてた。耳は悪くない。おかけになった番号は……。自動音声のアナウンスが聞こえてくるだけだった。

ママには、ないしょにしておくね！

まもなく五歳になる川嶋の娘は口が達者で、おとなの云うこともかなりよく理解する。観察眼もなかなかのものだ。とはいうものの、そこは子どものことだから、時と場所をわきまえる分別はない。思ったことを、すぐ口にする。

電車のなかで「ねえパパ、ハゲのゲは、おヒゲのゲとはちがうの？　おヒゲは生えるのに、頭はハゲるんだね。」などと、髭《ひげ》の濃い薄毛の人を目の前にして云うのは、まだましなほうで、「パパ、ぷよぷよのお肉はあったかいよ。」と、かっぷくのよい婦人のとなりに座《すわ》って云いだすときには、冷や汗ものだった。どうにか娘の気をそらして、その場をしのぐほかはない。

スイーツの話題なら、娘はすぐにのってくる。川嶋は甘いものにさほどくわしくないが、パティシエを自称する友人のユキマドから仕入れた豆知識がいくらかあった。

ユキマドは名字だ。雪円と書く。親族経営の会社で高給取りの平社員としてゆうゆうと日常の勤めをはたすいっぽう、親からゆずり受けたけっこうな自宅で、週末だけの会員制完全予約のスイーツカフェをひらいている。要望があればケータリングにも応じる。シック＆エレガンスをモットーに洗練されたスイーツをつくる。

これが、なかなかの評判をとっていた。味はむろんのこと、紹介者を通じてしか会員になれないややこしさが、セレブなマダムたちにウケているのだ。

川嶋は安月給の身の上ながら、友人のよしみで会員となっていた。会費は要らないとユキマドは云うのだが、川嶋としては納めるべきは納めて堂々と出かけたい。それでも、娘がいなければためらっただろう。というより、誘惑的すぎる。川嶋がユキマドと逢うには、娘を連れているという足かせが、なんとしても必要なのだ。

美術館ではたらく妻は、特別な用事がないかぎり土日の休みはとれない。語学堪能だから、海外への出張も多い。妻の不在中や週末の娘の世話は夫である川嶋がひきうけることになっている。

五歳の娘には半端な知恵があり、頑固さがある。なにを選ぶにもおとなの女たちと変わらないくらいにハッキリとした自己主張をする。こんな幼い子どもが、と驚くほど舌も肥えている。スイーツには、ことのほかうるさかった。

ユキマドのつくる上等な味になじんでしまった彼女は、親の稼ぎに反してセレブなみの好みを持つようになり、メーカーがつくる大量生産のスイーツには見向きもしない。友だちのお誕生会に招待された日の話題は、しばしば辛口のケーキ評になる。それはまた、娘のお誕生会を来月にひかえた川嶋の妻のプレッシャーともなっている。

わざわざ都心の幼稚園に子を通わせる親たちの社交には、求められるスタイルと、守るべきルールがあった。川嶋はそんなことを承知していないし関わりたくもなかったが、妻にとってはなによりも優先されるのだ。

川嶋が子どものころに体験した誕生会は、自宅に親しい友だち七、八人を招く素朴なものだった。母親がつくる五目ちらしがごちそうで、駅前の洋菓子店で予約した市販のデコレーションケーキで祝う。プレゼントのおひろめタイムののち、赤ん坊のころのアルバムをひろげたり、年長の兄か姉が出てきてちょっとした手品をしてみせたりする。あるいは宝さがしやクイズなどの室内でできるゲームで過ごし、最後に心ばかりの文房具や菓子（地元の商店街のもの）を配ってしめくくる。だれの家でもだいたい似たような流れだった。

だが、妻によればいまどきは、少人数でパーティができる店を会場にするのが常識らしい。しかも手土産は、パッケージの華やかな、それなりに知られたブランド品でなければいけない。限定品であれば、なおのことよい。川嶋には理解しがたいことだった。

二月生まれの娘の誕生会が、もっかのところ妻のなかでの最大関心事となっている。彼女にとっては、職場で直面する難題以上に緊張を強いられるイベントらしかった。アートに関わる職業がら、さすがに洗練されているわね、と云わせたいのかと思えばそうではなく、よくも悪くも目立ちたくない。それが、ただひとつの望みなのだ。川嶋は、ますます理解に苦しんだ。

土日の休みをとりにくい妻を気づかった川嶋が、当日の進行役はひとりで大丈夫だから、わざわざ仕事を休む必要はないと云えば、なぐさめになるどころか、無神経だとなじられる始末だ。

その埋めあわせではないが、誕生会の会場選びで悩む妻に、川嶋はユキマドのスイーツカフェでの開催を提案した。優雅な友が親から相続した家は、県だか市だかの文化財に指定されてもいる洋館で、都心と直通の通勤圏にある。娘の誕生会の会場としては申し分なかった。

平均点をとることが目標の妻にすれば、個人所有の洋館などはぜいたくすぎる。はじめはためらっていたが、川嶋がユキマド宅の外観や室内の画像を見せるうちに、妻の気持ちも変化した。なにより、娘が乗り気だった。洋館が豪勢すぎるなら、そのぶん手土産を地味にすればよいのだと、妻は奇妙な足し算引き算をおこなっている。

きょうはその誕生会の打ちあわせでユキマドの家を訪問するのだ。彼はほかの予約をことわって、川嶋たちを待っていてくれる。ところが、休みをとって同席するはずだった妻は、急な海外出張で来られなくなった。

川嶋にとっては計算外だ。夫まかせにする不安を口にしながら出発した妻とおなじくらいに、川嶋も心おだやかではない。こんどの誕生会は、川嶋の思いつきでユキマドに場所の提供を頼んだのではない。ユキマドからの逆提案なのだった。


話は独身時代にさかのぼる。川嶋はそのころ、ユキマドとつきあっていた。そういう傾向を持っていたのだ。学生時代にはじまり、断続的にだらだらと関係をつづけた。ふつうの女と交際したこともあったが、人並みに結婚して子どもを持つなど、当時の川嶋はまるで考えていなかった。

別れ話を切りだしたのはユキマドのほうだ。彼の母親の四十九日の席だった。それまでユキマドは身内の話をほとんどしなかった。都内にある学生ばかりのぼろアパートで知りあい、就職したのちはそれぞれの職場に都合のよいアパートに越したが、週末はどちらかの部屋で過ごした。

ユキマドとは風流な姓である。「べつにどうってことのない生まれだ」と本人が云うのを、川島は額面どおりに受けとったのだが、実際は御曹司《おんぞうし》だった。ユキマドの実家は地元ではだれもが知る資産家だった。父親ははやくに亡くなり、残された母親が老犬とともに洋館で暮らしていた。その母と犬もあいついでこの世を去り、ユキマドひとりになった。

法事をすませた彼は、川嶋を呼んでパティシエ修業のためにパリ行きを決断したと打ちあけた。もはや、すべての手続きを終えたあとだった。決心が鈍るから相談しなかったと云いわけして、一週間後に発った。

円満に別れたものの、ふいのできごとだっただけに、川嶋には容易に埋めがたい空白が生じた。山林に倒木などで円形の空き地ができたのを、蛇喰《じゃばみ》と呼ぶ。ちょうどそんな具合に、川嶋の心に穴があいた。

俗語とは、実によくできているものだ。道理にかなってもいる。穴ができれば蛇がそれを見つけ、スルスルとはいりこむ。いまの妻はそんなふうに川嶋の心のすきにはいりこんできたのだ。川嶋も、やっかいな分身をおさめる場所を求めていた。

娘が生まれたころ、ユキマドが帰国した。すでに妻子持ちであった川嶋はしばらく会わずにいた。妻の育休があけ、土日の子守が川嶋の義務となった。赤ん坊のあつかいには、何日たっても慣れなかった。行き場に困った川嶋は、ユキマドの家を訪ねるようになった。妻の実家は気をつかうのがわずらわしく、川嶋の実家は週末ごとに頼るわけにはいかない遠方にあるのだ。

おむつがえも、寝かしつけるのも、ユキマドのほうがうまかった。これは性別や立場とは関係なく、才能の問題だ。ユキマドの家にいるあいだ、娘は不思議におとなしく眠りつづけた。だが、川嶋にも節度はあったので、たとえ娘が赤ん坊であっても、彼女のまえで堂々とできないことはしないときめていた。


娘にもの心がついてからは、だれかほかの来客があるときにしかユキマドの家を訪ねないように心がけた。それだけ、気持ちはゆらいでいた。川嶋の自制心は時間とともに脆《あやう》くなっていた。とはいうものの小市民でもある彼は、人の目があれば自分は体裁を保つだろうと踏んでいた。実際、スリルよりはリラックスするために相手を求める性質だった。

だが、冬晴れの日に、新雪のなだらかなゲレンデがそこにあって、ただながめているだけというほど、意志が堅いわけでもない。娘のスイーツ好きを口実に、ユキマドの家に通う回数はふえるいっぽうだった。

気づけば、その姿を目で追っている。あわてて、娘をさがすふりをする。チョコレートクリームを無心にほおばっているようすが、ほほえましい。そんなときの川嶋は、いっそう我が身の愚かしさを思うのだった。

ユキマドが友人であることは妻も承知している。むろん、常識的な関係としてだ。川嶋は妻に過去を知られていない自信がある。だが、娘の目はごまかせないかもしれないという気がした。だから、成長めざましい娘をつれてユキマドを訪ねるさいは、よりいっそうの用心をしている。

静かな午后のティールームで、川嶋の電話が鳴った。妻の実家からだ。このあと、娘を連れて顔を出すことになっている。娘はそのままお泊まりをする。

「ぎっくり腰なのよ。寝こんでるの。」と義母が義父のようすを伝えてきた。これで、今夜の予定はキャンセルとなった。川嶋にとっては、晩ごはんの問題が突如として起こったことを意味する。極上スイーツのあとに娘を満足させる夕食を選ぶのはむずかしい。予算もかぎられている。

電話のやりとりのあいだ、おとなしくケーキを食べていた娘が、「ねえ、パパ、」と云う。

「じーばの家にいかないなら、ユキマドさんちにお泊まりしたいな。」

じーばというのは、じーじ、ばーばを合体させた彼女の造語だ。

「うちは、かまわないよ。」

ユキマドは気安くうけあった。川嶋はこんな流れになるのを、まったく予期していなかった。義父母の家なら、娘ひとりを残せるが、ここではそうもいかない。川嶋のつきそいが必要だ。

父親としての彼の立場ははっきりしている。断固として娘にNOと云い、連れ帰るのが筋なのだ。だが、あわれな子羊の彼は迷ってもいる。そういう心境のところへ、ユキマドが小声でささやいた。

「便乗すれば？」

娘の望みをかなえることは、川嶋の理にかなっている。娘は父親の返事を待たずに、ユキマドとバースデーケーキの相談をはじめた。スケッチブックに見立てたケーキの話がはずんでいる。ユキマドがマジパンでつくった動物や花のパーツを、娘が絵を描くようにならべてゆくのだ。クレヨンがわりのアイシングで、もようや文字を描くこともできる。

練習してみようか、とユキマドが云い、娘は「おえかき」に熱中した。結局、晩ごははんもユキマドがつくり、一晩泊まることになった。娘はお姫さまが眠るようなベッドをあてがわれて、大満足だった。はしゃいだせいか、眠りに就くのもはやかった。

明け方、川嶋はちゃんと娘の部屋へもどった。朝になって目をさました彼女と、いっしょに顔を洗った。温水の湯気で鏡がくもる。踏み台に乗った娘は腕をのばして鏡をぬぐった。そこに、とびきりの笑顔があらわれた。

「ママには、ないしょにしておくね!」

彼女がなにをないしょにしてくれるのか、川嶋は頭を悩ませている。

きみは、もう若くない

卒業式を終えて家にもどった祐人《ゆうと》は、きょうでお払い箱となる制服を脱いでジャージに着がえた。それから、壁を背もたれにしてベッドに足をなげだし、帰りがけにバーガーショップで買ったチーズバーガーにかぶりついた。云うまでもなく、耳にはヘッドセットを装着している。

自家製バーガーを売る店の特大サイズで、バンズも敷地内のパン工房で焼いたものだ。無添加、無着色の肉は国産、ピクルスのミニきゅうりは自家栽培である。だから、一個が一三〇〇円もする高級品で、卒業祝いだからこそありつける大ごちそうでもあった。ドリンクもいつものジンジャーアップルではなくキウィミックスを買った。

母とは学校近くの交差点で別れた。気のあう親たちだけで集い、ランチを食べにいくのだ。店の予約をするさいに祐人も誘われたが（ほかのメンバーも親子で参加する）、ついさっき卒業したばかりで、またもや同級生と顔をあわせるのも、その親たちと同席するのもうっとうしかったので断った。

さいわい、しつこく勧誘する気質ではない母は、すぐに引きさがった。息子のために思いわずらうのを良しとしない人でもある。かわりに、御祝儀を上乗せした昼食代をくれた。

おかげで、ぜいたくができるのだ。祐人はめったに味わえない高級バーガーを買って家にもどってきた。

式はつまらなかった。どんよりした曇り空のもと、今年にかぎって芽吹きのおそい門脇の桜は、灰色に冬枯れしたままだった。生徒たちは吹きもどしの北風に身をすくめ、冴えない顔色をして、うす暗い体育館に集まった。

前夜にふった雨はやんでいたが、古びた体育館では雨もりがした。晴れがましい席だというのに、舞台袖のひとすみでは雨水を受けるバケツを置かなければならなかった。壇上の緋色の幕も色あせ、襞をひろげれば、白くぼんやりしたタテ縞があらわれる。予想されたことだが、来賓はそろってありきたりの話しかしなかった。

「若いきみたちの希望に満ちた明日を祝して」だの、「かがやける未来へ羽ばたく若者へ」だの、小学校の卒業式でも耳にした。

あのときは、海外の赴任先にいた両親の帰国が遅れ、かわりに祖父のつきそいで式に臨んだ。役人がルーズな国では、あらゆる手続きにアクシデントが起こりうる。しかも、煩雑な書類をやまほど書かせるのだ。

「ハゲ頭がならんだだけあって、実のある話はなかったな。禿という字は実の抜けたカラのことだぞ。」

それが、卒業式を終えた祖父の感想と、祐人へのはなむけだった。「ただで知恵をさずけるバカもあるまい。」とも云った。さらに「たったひとりのバカをのぞけば、だがな。」とつけくわえた。

そのバカとはだれのことかと問う祐人に、祖父は「いずれわかる。」とだけ答え、さあ牛鍋を喰いにいこうや、と足をはやめた。

後日、卒業祝いとして一冊の本をよこした。アルファベットで書かれた挿し絵つきの本だった。印刷の文字が大きいところをみれば児童書らしい。しかし、外国語である。タイトルも解読不能の凝った書体だ。

海外暮らしでは現地校に通っていた祐人なのだが、その本は読めなかった。英語ではなかったのだ。訳してほしいと頼んだが、ワシにもわからん、とにべもない。人を食った祖父だった。だが、だれよりも信頼できた。

中学受験にそなえて両親より半年はやく帰国した祐人は、小学校最後の半年を祖父のもとで暮らしたのだ。結局、受験しないで地元の公立中学に入学した。自宅から徒歩五分のところに学校がある。なれない電車通学で消耗するより、のんびり朝食を摂って近くの公立中学へ通う日常を選んだ。きょうは、その中学の卒業式だったのだ。祖父はもういない。

「いい式だったわね、来賓の話が短くて。」

母はそう云って、いそいそとランチに向かった。うわさ話がつぎつぎに繰りだされ、デザートがすんでもまだ足らずに時間を延長して、長々としゃべりつづけるにちがいない。人の話が長いのはきらうくせに、自分たちのおしゃべりは問題にしない。

父はまたもや海外勤務となり、祐人が卒業する十日前に単身赴任した。現地の大気汚染を問題にする母は、排気ガスを吸いたくないと云って家族そろっての赴任を断った。そのかわり、父のトランクに高機能マスクを大量に詰めこんだ。

祖父ならば、きょうの式を終えてどんな皮肉を云っただろうか。祐人は祖父の写真をひっぱりだして机のうえにおき、心のなかで卒業の報告をした。声は聞こえてこない。

祐人が求めていたのは、この先を生きるのに役立ちそうな意味のある祝辞だ。ひとかどの大人になったとき「私の背なかを押してくれた、あのひとこと」と回想し、「その出逢いがなければ、いまの私はなかった」と断言しうる、そんなことばを期待していた。だが、型どおりの、つまらない話ばかりがつづいた。

かつて祖父が口にした「ただで知恵をさずけてくれるバカ」は、こんどもあらわれなかった。おそらく、この先もあらわれないだろう。祐人は暗い気持ちになった。だれもが嘘をついている。明日や未来になにが待ちうけているにしても、希望やかがやきなど思い描けなかった。形にならず、もやもやとした不安がわだかまるばかりだ。きょうの曇り空に似ている。薄日も射さない。かといって雨がふるのでもない。いっそ、どしゃぶりであったほうが、せいせいしただろうと祐人は思う。

父から届いたメールに、この街では太陽の黒点が見えるぞ、と書いてあった。上空をおおったスモッグ越しに、ということばが省かれている。つまり、ふだんはまぶしすぎて直視できない太陽の表面が、大気汚染によってフィルターをかぶせたのとおなじ状態となり、黒点を目にできるのだ。そんな大気を毎日吸って、父は早死にするかもしれない。

高級バーガーはうまかった。パテも彼の好きなビーフの赤身で、チーズは濃厚なチェダーチーズがつかってあった。スライストマトの酸味との相性もよい。とけたチーズのうえに粗挽きのブラックペッパーをたっぷりふりかけてあるのも好みだった。それに、キュウリ、というよりはキューカンバーと呼ぶのがふさわしい極太のピクルスは、祐人がほんのちびっ子だったころに暮らした西海岸のダイナーでおぼえたのとおなじ味だった。それで、少し気が晴れた。

久しぶりに例の本を書棚から取りだしてみる。小学校の卒業以来だ。パラパラとめくった。

意外にも、読むことができた。英語だったのだ。小学校を卒業したばかりの祐人には、たしかに自分の知らない外国語のように思えたのだが、書体が古めかしかっただけかもしれない。

あるいは、人を食ったことを好む祖父が、こっそりすりかえたのだ。大いにありうる。

「きみに、聞かせたい話」というタイトルだ。扉ページに献辞があり、この本は著者によって「小さな小さなダニエルへ」捧げられている。その右肩に、「祐人へ」と祖父の筆跡で書き足してあった。

エピソードごとに、一枚の挿し絵がついている。その絵の助けを借りながら、祐人は本を読んだ。

fig.1

ひとりの若者が、勉学を放りだして仲間と笑いころげている。誘いをうけて、遊びにゆくところだ。彼と少し離れて遠慮がちにたたずむ中年の男がいる。若者のほうへ、おずおずと進みでて「おせっかいを承知で云うのですが」と話しかける。しかし、若者は聞く耳を持たない。男は「いずれまた」とつぶやいて立ち去る。男の名はあきらかでないが、TとSを組みあわせたモノグラムがコートの衿《えり》に縫いとられている。よって著者は男をT・Sと呼ぶ。

fig.2

若者は二十歳をすぎた青年に成長した。露出の多い、スポーツウエアの若い娘と連れだって楽しげに街を歩く。ついさっきまでは、静かにお茶を飲むのが好きだという、べつの娘と会っていた。きのうは三人の娘と過ごし、そのうちの二人の名前はもう忘れている。そこへT・Sがあらわれ、青年を呼びとめた。「お聞かせしたいことが、あるのです」と云う。だが青年はうるさそうにT・Sを追いはらった。

fig.3

いくぶん額のひろくなった人物が、顔を曇らせている。あの青年のようだが、いまではすっかり中年だった。帽子店の鏡をのぞきこんで、薄くなった髪の毛を気にしている。鏡のなかに、T・Sが映りこんでいた。憐れみをたたえたまなざしで「もはや、聞かせるまでもあるまい」と独りごとを云う。

fig.4

葬儀に参列する頭のハゲた男がいる。彼の母親が亡くなったのだ。故人とゆかりの人々は、いずれも老いが深い。花を手向けにきた彼らと少し離れて、T・Sもたたずんでいる。遠慮がちに若者のようすをうかがっていたころと異なり、いまでは堂々と姿をあらわしていた。

fig.5

かつての青年は、すっかり腰のまがった老人となり、杖を頼りに歩いている。目も悪いらしく、T・Sが待ちかまえているところへ向かって進み、とうとうぶつかった。老人は「あなたは死神ですか」とたずねた。T・Sは、いいえ、と答える。

「私は、たんなる時の記録人《スコアラー》ですよ。あなたの時間がどのくらいあるかを、知っているだけなのです」

翌朝、教会では弔いの鐘が鳴った。

fig.6

T・Sは、ベンチにすわっている。くつろいだようすで、道ゆく人をながめている。その背後には教会があり、結婚式を挙げたばかりの若い男女が人々の祝福を受けているところだった。

fig.7

若い夫婦に赤ん坊が生まれ、知人たちが祝いに訪れる。T・Sも人々にまじっていた。赤ん坊はゆりかごのなかで、すやすやと眠っている。

fig.8

T・Sは、赤ん坊の耳もとで、そっとささやいた。「きみも、若者になれば聞く耳を持たないだろう。だから、いまのうちにこっそり知恵をさずけよう」

だが、そのことばは記されていなかった。この本はギフトブックで、メッセージは本を買った人がそれぞれに書きいれるものなのだ。はぐらかされた思いをかかえて、祐人は本を閉じようとした。そのとき、最後のページに祖父の手書きの文字があるのを見つけた。

きみは、もう若くない。

目がさめた。祐人はチーズバーガーを食べているうちに、いつのまにか、まどろんでいたのだ。ひと口ぶん、まだ残っている。それをたいらげ、ペーパーナプキンで口と指先をぬぐった。あらためて、祖父が寄こした本をさがした。それは、本棚にあった。

現実では、やはり読めない外国語のままである。だが、夢のなかの本は祐人の記憶にもとづいて形になったらしく、挿し絵はだいたい似たようなものだった。見落としていたかもしれないと思い、いそいで最後のページをひらいた。だが、そこには余白があるばかりだ。

ただで知恵をさずけるバカはいない。祖父は、有言実行の人物だった。クローゼットのなかには、来月から通う高校の新しい制服がひかえている。祐人は、ためしにその制服を着てみた。先月、それができあがってきたときは、まだ借りもののようだった。だが、いまはもう少しましだ。

きみは、もう若くない。鏡に向かい、自分でそうつぶやいてみた。すると、つづけて祖父の声が聞こえた。

……それが、真実だ。時間をむだにするな。

ふりかえった先に、さっきひっぱりだしておいた祖父の写真があった。

そうなのだ。若いと云われるから腹が立つ。十五歳は、もう若くない。

あなたにあげる

建物の規模にたいし、むやみに戸数の多いアパートだ。つまり一部屋がとても小さい。布団を敷いたらそれでいっぱいの三畳一間に、簡単な炊事場がついただけの部屋がつらなっている。

その一室で高齢の婦人が亡くなり、親族の立ちあいで遺品の整理をおこなっている。専門の業者が、てきぱきと片づけてゆく。

孫だという若者はひとつも手をださない。祖母とは六、七歳のころに会ったのが最後で、顔もおぼえていないと云う。いっしょに立ちあう吉村はこのアパートの管理会社の人間だ。婦人が布団のなかで冷たくなっているのを発見したのも彼だった。

春だというのに、肌寒い日がつづいた。彼女は帽子をかぶってコートを着こみ、どこかへ出かけるような姿をしていた。

「眠っているあいだにお迎えがくるかもしれないでしょ？　寝巻で旅立ちたくないから、このごろはよそゆきを着て寝ることにしているの。家族がいれば、もしものときはこれとあれを着せてねって頼んでおけるけど、独り者は自分で身仕度もしなくちゃ。」と生前に語っていた。

半月ほどまえ、吉村は雨もりのことで婦人に呼ばれ、手がとどかない彼女のかわりに天井裏へ布を敷きこんだ。蛍光灯のとりかえや、釘を打つ手伝いをしたこともある。そんなふうに働くたび、「はい、お駄賃、」と云って宝くじを一枚くれた。これから当選番号がきまるぶんだ。宝くじを買うのは、この婦人の数少ない趣味だった。唯一の、と云ってもよかった。年金で細々と暮らす人に、遊び歩くゆとりはなかったのだ。

「もし十万円以上あたっていたら黙っていて。わたしもあえて訊かないことにする。三千円以上で一万円未満の少額の当選だったら、報告がてらおしるこの一杯でもおごってくれればいい。」そんなことを云う人だった。

でも、三百円すら当たったためしがない。吉村はときどきおはぎやどら焼きを手みやげに持っていった。それでよろこんでくれるのが、うれしかった。

アパートの大家は敷地の売却話を進めている。木造住宅が密集するこの界隈は、鉄筋への建て替えが急がれている。吉村は先日、つぎの更新はできないという気の重い話をするために婦人を訪ね、息絶えているのを見つけたのだった。

田中ハルヨと名乗っていたが、釘を打ってほしいと頼まれて手にした玄能《げんのう》には、松原と名入れがあった。きょう立ちあっている孫も松原姓である。

生前のハルヨさんに「万が一のときは、ここへ電話をかけてほしい。」と番号を託されていた吉村は、そこへ連絡をいれた。すると、先方は親族ではなく葬儀社だった。

万事、契約にしたがって淡々と進んだ。ハルヨさんが通知を依頼してあった親族はひとりとしてあらわれず、数人の知りあいが集って葬った。吉村も火葬場へいった。ハルヨさんは亡夫が眠る先祖の墓へはいるのを拒んで散骨を選んだ。費用はすべて、事前に払いこみ済みである。パック料金には遺品の整理もふくまれていた。

葬儀社とはべつに、吉村もハルヨさんの親族にはがきを出した。ハルヨさんは家賃を前払いするのが常で、吉村はすでに二カ月分をあずかっている。それを縁の人に返金したいと考えたのだ。損得勘定のおりあいがついたらしく、孫から連絡がはいった。

長男の息子で、地方都市の在住である。二十七、八歳の若者だ。室内を片づける日にあわせて上京してほしいと、吉村は連絡をいれた。ハルヨさんの生きた証《あかし》に遺品のひとつでも持ち帰ってくれれば、と思ったからだ。だが、若者は室内にはいることもなく「全部棄ててもらってかまいません。」と業者に告げて、近くのファストフード店へ向かった。

ハルヨさんはつぎの誕生日で八十歳になるはずだった。玄能や大小の鉋《かんな》など、よく使いこんだ道具は二十年ほどまえに亡くなったダンナの遺品である。腕のたつ職人だったのだと云う。「茶だんすをこしらえていたの。ご名家のばかり。」そう話すハルヨさんの口ぶりも誇らしげだった。

彼女の部屋の戸口にも、小さな茶だんすがひとつ置いてあった。手ぜまな玄関のコンクリートの打ちだしにすのこを敷いて、そこに茶だんすがあった。引っ越しのたびにひとつ、またひとつと手放し、とうとう最後のひとつになったダンナの形見だ。

流し台とガス台があるきりのこの部屋には、台所というほどの空間はない。だから、茶だんすは玄関先にはみだし、そこにあるべきゲタ箱は部屋の外廊下へ出されていた。

茶だんすには、食器のほかに洗面道具もおさまっていた。洗面器や石鹼など、銭湯へいくさいのひとそろいだ。高齢でも、ハルヨさんは女の人だから、いつも身ぎれいにしていた。吉村が働く管理会社は銭湯とおなじ通りにある。ハルヨさんがイスつきのシルバーカートを押して銭湯へいくのを、よく見かけた。

雨の日にはカッパを着てカートを押していく。腰が曲がっているから、傘はさせないのだと云う。

「お天気の悪いときはなるたけ出かけたくないけど、そこの商店街は雨がふるとお買い得品がならぶのよ。お揚げやカステラだと、詰め放題があるの。そういうときに買えば、少しでも節約になるでしょ。」

つつましく、独りで生きていた。自分の身のまわりのことができるうちは、役所の手助けもいらないと云っていた。小銭をいれた重い財布をいくつも持ち歩く。硬貨の種類ごとにわけてあるのだ。目が悪くなった人の知恵である。

「お札は持たないの。うっかり落としても音がしないから気づかないのよ。このごろじゃ自分の足もとだってぼやけるんだもの。わたしが拾うまえに、ほかの人に横どりされてもわからない。年よりだからって、いたわってくれる人ばかりじゃない。口惜しいけど、それが現実なの。世の中、きびしいものよ。」

実のこもったことばだ。ダンナの生前に、少しばかりの土地を買った。東京では無理だったので、電車で二時間ほどの地方都市だ。老後をそこで暮らすつもりだったが、結婚した息子が親子同居の家を建てたいと云い、うっかりまかせておいたら二世帯住宅ではなく、一軒家のひと間を老夫婦にあてがう、というしだいになった。

職人気質のダンナは契約だの権利だのにはうとく、息子が持ってくる書類に云われるまま判をついた。するといつのまにか、土地も建物も息子夫婦のものになっていた。

ハルヨさんとダンナは、仕事の都合もあって東京の借家で暮らしつづけた。それでもダンナがいるうちは、息子の家のひと間だけは、老夫婦のものだった。

だが、ダンナが還暦を迎えてすぐに亡くなり、ついで息子が病死すると、ハルヨさんは老後の家を失った。かつてダンナが買った土地なのに、ハルヨさんにはなんの権利もなくなっていたのだ。

雨もりのする古いアパートがハルヨさんの終《つい》のすみかとなった。大家はいずれ取りこわすつもりでいるこのアパートに手をかけたがらない。積極的に修理するつもりはなく、漏電しないていどに放置していた。

だが、こんな老朽化した「風呂なしトイレ共同」のアパートでも新宿に近い立地というだけで、ハルヨさんの年金の半分は家賃に消えてしまうのだ。では、もっと地価の安い郊外へいけばよいのかというと、そうでもない。

郊外には、ひとり暮らしの高齢者を受けいれる物件がない。四十年前に建ったアパートだからこそ、三畳一間のこんな間どりで残っているのだ。郊外では銭湯も数が少ないため、アパートはたいていバス・トイレつきで、そのぶん家賃も高くなる。

「これは、どうしましょうか？」

遺品整理の業者が、ファストフード店からもどった孫にたずねている。業者が手にしているのは、ハルヨさんのお気に入りだったショールだ。よそゆきらしく、絹の風呂敷に包んであった。吉村はそれを棺におさめたいと思っていたが、どこにしまいこまれていたものか、火葬する日には見つからなかった。

しきりにスマホのタップをつづける孫は、業者が手にしているものをろくに見もしないで「棄てちゃってください。」と答えた。

ショールは濃い茶とグリーンのチェック柄で、うすい水色がもやもやとまじっている。男ものっぽい色合いだ。

「これはね、ある人に贈るつもりだったの。ダンナと逢う前の話よ。男のひとは二つ折りのマフラーとしてつかうの。男女兼用なのよ。結局手渡せなくて、自分のものになった。その人と、あなたはちょっと似てるの。指輪をしているところもおんなじ。」

ハルヨさんにも、きわどい日々があったのだ。年金が支給されると、いそいそといきつけの美容室へ出かける。できたてほやほやの髪になって街歩きをする。そんなちょっとしたおめかし用のショールだった。

「これはホームスパンというものなの。手で紡いだウールのこと。丈夫で長持ちするの。息子や孫が赤ん坊のとき、背中におんぶしてママコートをはおって、さらにこれを巻いて出かけたの。赤ん坊の顔に風があたらないようにね。孫が生まれたころには、いい風合いねえってほめてくれる人がまだいたの。いまじゃ、ボロを巻きつけているんだと思われる。がっかりよ。だけど、ポーラのママはお似あいねって云ってくれる。この歳になると、おせじだとわかっていても、うれしいの。」

ポーラは美容室の屋号だ。そのママも、もはや高齢の美容師である。自身も年金生活者で、昔なじみの同年配のお客さんだけを相手に営業している。

シャンプー台とセット台がひとつずつの（だから同時にふたりのお客さんをこなせる）小さな店の奥に、三畳ほどの部屋と台所があって、せまい階段をのぼった二階に四畳半がふたつある。その家で子どもふたりを育てあげ、夫を看取った。階段がつらい近ごろは二階にゆくことはほとんどなくて、下の三畳と台所だけで暮らしている。

そのぶん、店のほうへドメスティックな家具がはみだしてしまう。シャンプー台のとなりに食器棚がおいてあった。ハルヨさんの小さな茶だんすにくらべるとだいぶ大きい。ママは云う。

「わたしたちの時代は婚礼家具をそろえるときに、一生ものを買ったのよ。着物とおなじで、娘にゆずるつもりだった。ところが、娘は着物も食器棚も持っていかなかった。そんな時代遅れのものはいらないって。」

ポーラでパーマをかけるとき、ハルヨさんは近所の喫茶店にコーヒーを注文して、それを飲むのを楽しみにしていた。ママにもおごる。

「ふつうはお店のほうで出してくれるわよって云う人もいるけど、ポーラみたいに小さな店だと、もしコーヒーを出すとしても週に一度通ってくるようなご常連と、月に一度の人をおなじにはあつかわないわよ。わたしはコーヒーを出してもらえるお客じゃないのね、なんて思うくらいなら、自分で注文してママにおごるほうが、よっぽど気持ちがいいわ。おしゃれをしに美容室へ来るんだもの。心意気もおしゃれじゃなくちゃ。」

そんなふうに考えるのがハルヨさんだった。吉村は年配の女の人たちの近所づきあいや、友だちとのコミュニケーションをもう少し単純にとらえていたが——子や孫の話や身内のグチをおたがいに聞いてなぐさめあうというような——、どうやら女同士の込みいったかけひきやせめぎあいは一生つづくものらしい。

吉村はショールをもらうことにした。処分されるのは、しのびなかった。家にもどってから気づいたのだが、折りたたんだショールのなかに、宝くじが一枚しのばせてあった。ミニカードつきだ。少しばかり意図をはかりかねることばが記されている。「あなたにあげる」。

どういう意味だろうかと悩む吉村に「文字どおりの意味じゃない？　その宝くじ当選してるのよ、きっと。運がよかったわね、あなた、」と妻が笑っている。たぶんそれはないよ、と云いつつ吉村はネットで当選番号を検索した。

ウチに来る？

暮らしはじめてまもない町で、彼はふだんとはちがう道を歩こうと思いたった。日曜日の朝だから、そんなことができる。最初のわかれ道を右へまがった。

通勤のときには、左手のゆるやかな坂をのぼって駅へ向かう。その駅の改札口は尾根筋の高台に、プラットフォームは階段をくだった低地にある。東京では、そんなつくりの駅がいくつもある。坂道と窪地は、どこの町でも仲のよい番《つが》いの鳩のように、よりそっている。

くだってはのぼり、のぼってはくだるのが東京の地形の特徴だ。都心ではとくに、どの路線のどの駅でおりても坂道があり、谷間があり、窪地や崖もやたらと目につく。ジグソーパズルのピースのように、ひとつとしておなじではなく、そのくせどれもよく似通っている。それらは、「これしかない」絶妙な組みあわせで、東京の地表にはめこまれている。

だから、どこか知らない町の路地でも、見おぼえのある家に出喰わす。すれちがった人が古い知りあいのような気がして、背なかを見送る。ひだまりにいる猫も、ああ、また逢った、と思えてしまうのだ。

日曜日の朝ごとに、彼は近所の自家製パンの店で焼きたてのバゲットとクロワッサンを買う。そのついでの散歩だった。まだ多くの家で雨戸をたてている。住人は眠りのなかにいるのだ。

家々が軒をよせあう道は、小型車がやっと通れるくらいの道幅しかない。しかもその道は「く」の字、鉤《かぎ》の手、二股、袋小路など、不慣れな通行人にとってはきわめてやっかいだ。

わざわざ迷ってみようと思わないかぎり、先へ進む気はしない。急ぎ足の通勤では、なおさらである。だが、きょうの彼には時間があり、空もちょうどよく晴れていた。

山歩きでは、道に迷っても沢へは降りるなと忠告される。水の流れは下流の町へ通じているとはかぎらず、しばしば途中の砂礫で涸れてしまう。すると、見通しの悪い山のなかに、ぽつんと残されることになるからだ。

町歩きにも、沢や谷がある。そこでは、道に迷ってどうしようもないときは、坂道をのぼればよい。高台にゆけば、たいてい駅や学校や病院などがあって、自分がどこにいるのかがわかる。聞こえてくる電車の音や、小学校のチャイムや校内放送が情報源になる。

彼が選んだ右手の路地は、ゆるやかなくだり坂だった。崖の向こうの線路は見えないが、電車の走る音は聞こえてくる。突きあたりの板塀で終わるのかと思えば、そこはT字路だった。さらなるくだり坂が右手へつづいている。左手は、少し先の崖地で行き止まりだ。コンクリートの法面《のりめん》は、頭上から枝垂れ落ちる常緑の枝と地上から這いのぼるツル草におおわれている。どちらも、たがいにもつれあって、遠目に個々の判別はつかない。

右手のくだり坂は、まもなく転げるような石段となった。片側に手すりが取りつけられ、塗装がハゲた面はなめらかに摩耗している。それにすがって歩く人たちが、大勢いるのだ。見渡せば、初夏の日ざしに黒光りする家並が、窪地にひしめいていた。

石段は、ひとりがやっと通れる幅しかない。大きめの座布団ほどの踊り場をはさんで、角度を変えながらさらにくだる。そんな細い路地階段でも、両側に二階家が建っている。屋根の軒と軒のあいだから、かろうじて空が見えた。

日ざしのかげんで、道の真ん中にできた細長いひだまりを、ブチ猫が歩いてゆく。尾の短かい和猫だ。

少し先の家の戸口から出てくる人がいる。買いもの袋を提げた婦人だ。彼は階段の端に身をよせて、通り道をつくった。

「おはようございます。」

せまい路地では、見知らぬ者同士でもあいさつを交わしたほうが、おたがいに気持ちがよい。そう思って彼のほうから声をかけた。

「あら、おはようございます。お散歩だったのね。どうりで呼び鈴を鳴らしても応答がなかったはずよ。奥さんは、もの干し場にいると降りてきてくれないから、ドアに回覧板を提げてきたわ。よろしくね。」

いきなり、知りあいの口調で話しかけられ、彼はとまどいつつも、「わかりました。」と応じた。こんな場合は、まちがいを訂正せずに聞き流しておけばよいのを、経験として身につけている。というのは、彼の母も息子の友だちのだれかと見ず知らずの通行人をまちがえることなど、しょっちゅうだからだ。息子と他人を見まちがわないだけ、まだしもだ。

婦人は、よろしくね、と云って階段をのぼってゆく。彼の母と同年配の、六十代くらいの人である。母親たちは、たぶんどこの家でも似たようなものだろう、と彼は思っている。息子の友だちを「みんなよく似ていて区別がつかないわ。」と甲も乙も丙もいっしょくたにして、顔だちなど最初からおぼえていない。そのかわり、姓を告げるといきなり鮮明になる。息子の友人ではなく、学校行事で顔をあわせたその母親のことを思いだすのだ。

「ああ、松本さんって、いつも懇親会におめかしをして来た人よ。それも淡いピンクのシャネル風のスーツなんかでやってきて、私はみなさんより若いですから、ってようすなのよ。若いと云っても五つか六つの話なのに。」

そんなふうに二十年も昔の人物評を、ごく最近のことのように語りもする。

石段は、まだ下へつづいている。だが、さらに前方では家々の屋根は重なりながら山のように盛りあがっている。いったん低くなった地形は、やがてまた高台を目ざしてのぼってゆくのだ。

彼の祖父母が住んでいたのも、こんな窪地の町だった。弟が生まれるころ、しばらくあずけられていた。三輪車を走らせたいのに、家の前には畳一枚ほどのたいらな土地しかない。その両側はどちらものぼり階段で、子どもの力では崖うえの平地まで三輪車をひきあげることができなかった。ブランコのある公園も、ひとりで遊びにゆくには遠かった。

祖父は古布を編んでつくった太いロープを、鴨居につるしてくれた。ブランコのかわりである。ふたつの座敷の仕切りをはずして、敷居をまたいで行き来する。それでもじゅうぶん楽しかった。

そんなことを思いだしたのは、通りがかりの家の窓ごしに、幼い子がブランコ遊びをしているようすが見えたからだった。鴨居に布製のロープをつるしているところまでおなじだ。

新聞紙のカブトをかぶっているのがほほえましい。そういえば、五月の節句の季節だ。近ごろの子どもでも、まだそんな遊びをするのかと意外な気もした。

石段は、まもなく谷底へついた。そこには椿かなにかの常緑の緑陰と申しわけていどの小さな池がある。

水面に、ぽつぽつと水の輪が生まれては消える。ミズスマシでもいるのかと、のぞきこんだ。雲がひろがっている。さっきまで晴れていたのに、いつのまにか空もようが怪しくなってきた。せっかくのバゲットをぬらすのは惜しい。雨がふりだすまえに、家に帰りつきたいと思い、彼は石段を引き返した。もとの道をたどってゆく。慣れない土地ではそれが鉄則だ。

はやくも、雨がふりだした。先ほどの布製ブランコがあった家の軒下に、新聞紙のカブトが落ちている。彼はそれをもらうことにして、バゲットの雨よけにする。フランス人のように、むきだしのバゲットを抱えているわけではない。紙袋におさまってはいるのだが、新聞のカバーがあれば、なお安心だ。

来しなは道なりにまっすぐ石段をくだりおりてきた。だが、のぼり階段はなぜか何度も大きな角度でまがる。勾配も、思っていたより急で息が切れるほどだった。知らない道では起こりうることだが、くだりおりた距離よりも、はるかに長い階段をのぼっている気がした。

雨はだいぶ強くなっている。彼が起きぬけにモバイルでチェックした天気予報では、降水確率はごくひくい数字だった。レーダーにとらえられないくらいの局所的な雨雲なら、通りすぎるのを待つべきかもしれない。

軒下を借りる断りをしようと、ある家のまえで立ちどまった。なかで、声がする。

「むっちゃん、あんまり大きくゆすってはダメよ。」

鴨居からつるしたブランコに乗って子どもが遊んでいる。なんと、せかせかと石段をのぼったつもりが、もとの道へもどってしまったのだ。

「それ、ぼくのだよ。」

家のなかから子どもが走ってくる。新聞紙製のカブトを盗られたと思ったようだ。

「これは、道に落ちていたんだよ。」

彼としては、ドロボーではないと、子どもに信じてほしかった。

「ぼくのしるしがついてるもん。」

ほらね、と、その子は自慢そうに、カブトの鉢の真ん中にクレヨンで描いた三角形を指している。よく見ると、その三角形は閉じていなくて、すきまがある。カタカナの「ム」なのだ。むっちゃんのム。

彼はカブトを子どもの頭にのせた。

「おじちゃんは、どうしておソトに立ってるの?」

まだ若いつもりだった彼は、おじちゃん、と呼びかけられたことに、うろたえた。だが、幼い子にしてみれば、とうてい「おにいちゃん」には見えなかったのだろう。あるいはなにかほかの要素が、「おじちゃん」の証《あか》しとなっているのだろう。

「雨がやむのを待っているんだよ。」

「へんなの。おウチのなかで待てばいいのに。」

「そうだね。」

奥まった部屋から、包丁の音が聞こえてくる。そこに台所があって、母親がいるのだろう。「むっちゃん、きょうはあとでおにいちゃんのお見舞いにゆくのよ。だから早めにお昼ごはんを食べてね。お稲荷さんをつくったの。よかったねえ、おにいちゃんは、じきに退院できるんだって。おばちゃんも安心したわ。」

「裏返しのがいいよ。」

「ちゃんとむっちゃんの好きな裏返しのお稲荷さんにしたわよ。」

彼の目から涙があふれる。肺炎を起こしかけて入院したときのことを思いだしていた。叔父夫婦の家にあずけられていた幼い弟は、見舞いに来てくれた帰りがけに事故に遭った。もう二十五年も前のことだ。バスをおりて、叔父に手をつながれて歩きだした。そこをバイクにはねられたのだ。裏返しの稲荷寿司は、その弟のなによりの「ごちそう」だった。

彼は思わず、幼い子を抱きあげた。「おいで。おじちゃんと遊びにいこう。」

ずいぶん重かったが、彼はその子を抱いて石段を駆けあがった。

「どこへ行くの？」

「……遠いところだよ。」

これでは誘拐だ、とわかっている。だが、この子が弟なのもまちがいない。数時間だけ連れだして、お見舞いにゆくのをさまたげたい。あるいはその時間を遅らせるだけでもいい。時間の歯車を狂わせ、事故に遭わないようにするのだ。そうすれば、彼には今も三つちがいの弟がいて、語らったり遊んだり、ときには争いをしたりする日常があるのではないかと、そんなことを考えている。

必死で階段を駆けあがったはずなのに、気がつけばまたあの家の前だった。かつて祖父母が暮らし、のちに叔父夫婦が住むようになった窪地の家。窓ごしに、鴨居からつるしたブランコが見える。この階段は、のぼってものぼっても同じ場所へもどるエッシャーの絵のような階段なのだ。

途方に暮れるうち、我に返った。散歩の途中のひだまりに、たたずんでいた。足もとに小さなブチ猫がいる。首輪はない。

「ウチに来る?」

そう云うと、んみゃ、と返事をした。彼はいま、その仔猫を「むっちゃん」と呼んでいる。

名刺をください

目にとまった名前の収集を趣味にしているという女は、婆と書いた名札をつけている。ふりがなは〈ばば〉で、本人が口にしたアクセントは猫ばばと同じだった――高田馬場《たかだのばば》ではないという意味だ――。名はわからない。

ケイタリングを商売にする企業が、フリーペーパーなどでモニターを募集して試食会をひらく。ただで、そこそこうまい料理の飲み食いができるので、人気のイベントだ。応募者のうち、当選者にだけ会場の案内がとどく。

個人情報の露出を最小にとどめるため、名札にファーストネームを明記しない方針であると受付で説明があった。参加者同士が名乗るのは勝手だ。

ダークチョコレートにミルクチョコレートを重ねて、プラムとナッツをあしらい、しあげにスミレの砂糖漬けをかざりつけたような、〈ばば〉はそんな手のこんだワンピースでしゃれこんでいる。

服と同系色のメガネはやや大きめのフレームで、わざと童顔に見せようとしているのか、ほんとうは頭が切れるのにおっとりしているように見せかけて相手を油断させようとしているのか、そこは判断しかねるが、なんらかの擬態をしているのはまちがいない。つまり、怪しい。

そもそもワンピースの裾《すそ》をゆらめかせ、女ことばを操るといって女だとはかぎらないのが、いまどきのややこしいところで、一番もそれ以上の詮索はやめにした。

そう、彼の名前は一番と書き〈はじめ〉と読ませる。その珍しさのせいで、婆の目にとまったのだ。こんどの誕生日で三十二歳になる。わけがあって、生まれつきの名前ではない。だから愛着はうすく、彼自身には特別な思いはなにもなかった。

「よかったら、名刺をください」と声をかけられて、初対面の相手でもさしさわりのないヴァージョンの一枚を〈ばば〉に手渡し、そのまま立ち話をはじめた。

いまのところ、この名前で得したこともないかわりに、たいした不自由もない。〈はじめ〉と読まれなくともよい。彼にとって名前はあくまで便利さのためにあるので、通称でも偽称でもかまわないのだった。

この姓になって実感したのだが、人はなにかひとつ印象的なことがらがあるとそれに気をとられ、ほかへの意識がうすれる。

彼の場合、ゆく先々で名前をおぼえられはしても、顔は忘れられがちだった。だが、指名があればあるだけもうかり、依頼品はさまざま、届け先もまちまちというデリバリーをなりわいとする彼の仕事がら、それは都合のよいことだった。

〈ばば〉は、バッグのなかからとりだした自分の名刺ホルダーをひらいて、コレクションを見せてくれた。

極楽《ごくらく》、万歳《ばんざい》、布袋《ほてい》、空《そら》、光《ひかる》などの、首をかしげたくなる名前がふりがなつきでならんでいる。それぞれの親の見識なのか自然のなりゆきなのか、ファーストネームは太平、一郎、ひとみ、晴子といった、常識的な範囲にとどまっている。世令奈《せれな》や希沙羅《きさら》など車の登録商標を漢字で書いたようなものはなかった。

世の中には名前の話題だけで座持ちしそうな珍名が、いくらでもある。極楽などという姓をもったら、極道者となって地獄へ堕ちるのは具合が悪いだろう。

〈ばば〉の名刺ホルダーは、あいうえお順ではない。画数でもなさそうだ。だが、一番にはどうでもよいことだったので、目をそらそうとした。そのとき、後藤京《けい》の名を見つけた。

字面のよい名ではあるが、とりたててめずらしくはない。〈ばば〉が珍名だらけのなかに、それをくわえた理由はわからないが、どのみち趣味だと云っているものに、一般的な定義があるはずもない。

「お気に入り順にならべてあるの。」

たずねもしないのに、〈ばば〉はそう云いそえた。くだけた口調になってきたのも、一番としては用心のしどころだった。

ただでおいしいものにありつけるイベントなど、本来は怪しむべきなのに、個人情報を売りわたしてうかうかと集まってくる手合いと親しくなっても、あとが面倒なだけだ。用心の足りない人間は、平気でまわりをわずらわせる無神経をも自覚しない。深くかかわらないにかぎる。それに、一番としてはもっと料理を味わいたいし、ほかの話相手がほしいところだった。

ブッフェスタイルのパーティで、入場したのちは、だれかとさしで話しこもうが、グループになろうがひとりでいようが勝手だった。食べて飲んで、さいごにレポートを書けばよい。

意気投合した連中と途中でぬけて河岸《かし》をかえるのもよし、おひらきまでとどまって存分に料理を堪能するもよし。当然ながら主催者はイベント会場の外で起こることには責任を負わない。

「この人は、めずらしく生きていたのよ。このあいだ、ばったり会ったの。それも、婚活の飲み会なんて思いきり俗っぽいところで。」

〈ばば〉は、後藤京の名刺を指さした。めずらしく生きていた、と云う、それが〈ばば〉の聞かせどころなのはわかっている。うかつに反応すれば、さらにつまらない話がつづくだろう。こうしたイベントには、神秘性や巫女的な能力があると主張する人種がたいていひとりはまぎれこんでいるものだ。

いわく、自分と交際する人はなぜか早死にするだの、災難にみまわれるだの。慎み深い表情をたもちながらも、たのしそうに語る。〈ばば〉もそのたぐいらしく、自分の名刺ホルダーの俗称は「冥友録《めいゆうろく》」なのだと云って笑みになる。

一番は食べものをとりにゆく断りをして、〈ばば〉から離れた。そのままもどらないつもりでいる。

きょうは、イタリアンの試食会だから、彼の好きな豆と野菜の料理をたっぷり食べられる。季節を先どりしたメニューなのもうれしい。仕事をはやめに切りあげて来たかいがあるというものだ。

「向こうは、あなたの名刺を持っていたわよ。わたし、人の名刺ホルダーをのぞくのも好きなの。」

べつの落ちつき場所へ移動するつもりだった一番を、わざわざ追いかけてきて〈ばば〉はそんなことを云った。

「向こうって?」

人ちがいを申し立てる目的で、一番は仕方なく婆の相手をした。婆はすでに〈おっとりした童顔娘〉の演出は終了させたようだ。

「とぼけなくてもいいじゃない。後藤さんよ。去年の春に、T沢で自殺した人。いまとなっては、死にそこなった人と云うべきね。生きていたんだもの。もう、びっくり。それとなくたずねたら、自殺前後の記憶がないそうなの。だから、あなたとふたりで空き巣にはいったことや、物色しているうちにもどってきた家の人に騒がれ、口をふさぐだけのつもりが殺めてしまったことや、その場はうまく逃げたけれど、捜索の手がすぐそこまでおよんでいる気がしてならず、悩んだすえに死のうとしてT沢へ行ったなんて重大なことを、すっかり忘れてるの。……わたし? 遺書をひろったのよ。偶然にちかくを通りかかって。すぐそばに、後藤さんが倒れていた。云いそびれたかもしれないけど、わたしがコレクションするのは、死んだ人の名刺なの。生きている人には興味ないの。だから、人が死んでいそうなところや、死にかけた人のところへ出かけるの。後藤さんも死にそうだったから、もらっておいたのに、がっかり。きっとだれか親切な人が通りかかったのね。わたしが居合わせたときは、虫の息だった。だれかになにか云い残しておくことはない？　ってきいたら、この名刺をさしだすの。どういう意味かたずねるまえに、目をつぶっちゃって、それっきり。ことばはなかった。身元不明の死体になりたくないってことかしらって思ったけど、上着をさぐったら、財布のなかに後藤さん名義の免許証やクレジットカードがあったから、何者かはわかる。それで、どこへも連絡しないでもとへもどしたの。どのみち圏外で、その場所からは警察へも消防へも通じなかった。お金なんて、盗むわけないでしょ。数えもしなかった。これでも泥棒はしたことがないのよ。たしかに、遺書は届けずに持ち去ったんだけど、この場合、だれにとってもそのほうがよくない？」

同意をもとめられても、一番としてはなんともこたえようがないし、婆がなにをさして「よし」とするのかもわからない。しょせん、彼にはかかわりのないことなのだ。

そもそも、後藤京が一番とふたりで空き巣にはいり、その家で人を殺めたという話も、いまはじめて耳にした。事実なら、のんびりバーニャカウダソースで野菜を味わっている場合ではない。

彼もまた、とある場所で死体を見つけたのだった。みずから命を絶とうとする者にとっての「名所」でのことだ。運に見放され、進退きわまってその地へ出かけたのだが、先んじて死んでいた男がおあつらえむきに免許証を持っていたので欲がでた。他人になりすますにはあまりにも好都合だった。

新しい名前を自分のものにするさい、その人物の過去の犯罪歴をあやぶみはしたが、それよりもべつの名前で生きてみたい気持ちのほうが強かった。もとの名前のまま生きる気はしなかったが、別人になれるのならまだこの世に未練があったのだ。

用心してひろった免許証は売りはらい、ひきかえにべつの名前を手にいれた。闇屋の云う「洗浄ずみ」をまるっきり信じたわけではない。だが、半年ぐらいはどうにかなるだろう、と思っていた。そのあいだに、つぎの身のふりかたを考えればよいのだ。

闇屋で転売したのが後藤京の免許証で、あらたに買ったほうが一番だった。ふたりに縁があるとは、思ってもみなかった。

この四カ月、意外なほどなにごともなく平穏だった。運び屋の仕事もみつけて、そこそこ稼ぎながら他人の名前で暮らし、ちかごろは遊ぶ余裕もできた。

それなのに、である。

「そろそろ、おひらきの時間になったみたいよ。」

名刺ホルダーをかばんにしまいこんだ婆は、一番をうながした。いつのまにか、連れだってイベント会場の外を歩いている。婆のもとから逃げ出したい一番だったが、なぜか金しばりにあったような不自由さで、からだがいうことをきかない。

ツチグモにつかまった気分だった。こうした女から逃れるには、縁切りの宝刀が必要だ。また闇屋へいけばだれか紹介してくれるだろうかと、一番はそんなことを思ってみた。

「溺れるのと、墜落するのはどっちがいい？」

フレンチとイタリアンならどっちがいいかとたずねるような口ぶりだ。一番は「中華」と云ってみた。婆は、それならこっちね、と彼をどこかのビルのエレベーターホールへ誘導した。ツイラクと聞きとったのだ、と云いたげに最上階のボタンを押した。手袋をしている。オシャレ用だろう、と信じたかったが、なぜか冷や汗がとまらなかった。

やがてふたりは屋上に立っていた。

「あのね、わたしはこの婆っていう荷やっかいな名前ときょうでお別れなの。あしたからは後藤と名乗って、彼とふたりで悪目立ちしない静かな暮らしをする。……でも、そのまえにひとつ、ぜひともしておかなくちゃいけないことがあるのよ。」

婆は相変わらずひとりでよくしゃべる。一番はもう聞きたくなかったが、耳をふさごうにも手が動かない。

「さようなら、あなた。あいかわらず、忘れっぽくて信じやすい人ね。そこが好きだったんだけど、口はふさいでおきたいの。わざわいのもとだもの。安心して、あなたの名刺はいちばんのお気に入りにするわ。」

あなた？　一番はフェンス越しの暗いビルの谷間をのぞいた。底に水たまりがあるらしく、光を反射している。月ではない。

ああ、やっと婆とおさらばできる。

そう思ったときに、金しばりが解けた。目のまえに闇が迫ってくる。

一生のお願い

雨音が、しきりにバスの屋根を打っていた。渋滞で停車中である。アイドリング禁止を宣言するバスの車内はエンジン音もやみ、ひっそりとしている。

通学途中の南々実《ななみ》は、待ち時間の退屈しのぎに日記をつけはじめた。ノートに手書きである。これは自分の手で書くからこそ意味があるのだ。

意識の流れを写しとる。ことこまかに何ページも書くのが彼女の流儀だ。そこに記すのは、ほんとうのことばかりとは、かぎらない。

しばらく夢中になっているうち、バスはようやく学校前の停留所についた。二十分ほどの遅刻だ。

一時限目は情報科学の時間だったが、教室にはだれもいなかった。黒板に「フィルム鑑賞。視聴覚室へ移動」と書いてある。それは遅刻した生徒への思いやりのメッセージなのだが、南々実は途中からフィルムを見るよりも、バス会社が発行した遅延証明を提出して、べつの時間に再視聴することを選んだ。

校舎三階のだれもいない教室にとどまった彼女は、窓から外をながめた。かばんのなかをさぐって、バス停まえのコンビニで買ったチェリーパイをとりだした。封を切って食べる。雨にぬれた中庭が真下に見えた。

苺のフローズンヨーグルトのようなシュガーピンクの雨傘がひとつ、中庭をななめによぎってゆく。時計塔の入口に向かっている。制服のスカートと足もとが見えるだけで、顔も髪型もわからない。

五分ほどして、こんどはダークグレーの傘が中庭をよぎった。足もとはズボンだから男子生徒だ。みんなけっこう授業をサボって出歩いている。

シュガーピンクの傘はクラスメートのともえのものと似ていた。先々週の土曜日、いっしょに新宿へ出かけたときにマルイでそれぞれの傘を選んだ。ともえが「おたがいに選びっこしよう」と提案したのだ。

「傘はバリエーションやタイプが多すぎて、自分で選ぼうとするとあれこれ迷ってなかなかきまらないから、いっそ人に選んでもらったのにしようと思うんだ。」

南々実は友人のこの提案を受けた。予算をきめて、それぞれ独断で買うことにする。

一時間後にイセタンのスタバで待ちあわせて、交換しようという話になった。

南々実はともえのために、シュガーピンクの傘を買った。ふだん、ブラウン&ナチュラル系の色を好んでいるともえには、ちょっと冒険の色だったが、雨の日くらい、甘さをくわえてもよいだろうと思った。

縁どりの部分が、白っぽい帯になっている。無地ではなくハートの連続もようで、すきまなく並んでいるから、花びらのようにも雲のようにも見える。

スタバでそれを渡したとき、ともえは一瞬だけ「なんでピンクなの?」という顔をしたが、すぐにこの交換会の提案者であることを思いだしたらしく、「こうゆうのもアリかもね。」と云いながら受けとった。

その彼女が南々実のために選んだのは、パンダ柄の傘だった。傘の全体をつかって大胆に一頭のパンダをデフォルメしたもので、色も白黒ではなく、エメラルドグリーンと黒のコンビだった。キャラクターものというよりは、アート系である。

「びっくりした?」と訊かれて、南々実はうなずいたが、自分では選ぶはずのないハデさがあって、悪くない気もした。むろん、大満足とはゆかなかったけれども。

「雨の日のウサ晴らしにはいい感じかな。」と云っておいた。ふたりの微妙なズレがあらわれた交換会だった。

シュガーピンクの傘は、時計塔とつながった向かいの校舎の屋上にあらわれた。やや遅れてダークグレーの傘の男子生徒もつづく。さては、大胆にも屋上デートか、と南々実はふたつの傘を目で追った。相変わらず、傘でかくれて顔はわからない。

ダークグレーの傘だけが屋上のフェンスにそって歩く。シュガーピンクの傘の位置はわからない。校舎は四階建てなので、南々実のいる三階の教室からはフェンスぎわしか見えないのだ。まもなく、ダークグレーの傘も消えた。

観察に夢中になりすぎた南々実は、半分だけ食べるつもりだったチェリーパイをたいらげてしまった。こんどは窓に背を向けて、教室をながめた。ともえの机に注目する。フックにかばんが吊るしてあった。

南々実は教卓のひきだしにしまってある出席簿をひらいた。ともえは時間にはルーズなほうだが、遅刻はしない。ぎりぎりで駆けこんで、どうにか間にあわせるのが常だ。きょうは出席だった。シュガーピンクの傘がともえなら、視聴覚室での授業はサボっているのだ。屋上など歩きまわるポエジーの持ちあわせはないはずだが。

南々実はふたたび窓から向かいの屋上をながめた。こんどはフェンスぎわにシュガーピンクの傘が見える。だが、人の姿はない。傘だけが雨に打たれている。にわかに強まってきた風雨にあおられ、右へ左へと移動する。転がって視界から外れるが、しばらくするとまたフェンスぎわまでもどってくる。

グレーの傘もおなじく風に運ばれて屋上を駆けめぐっているらしい。シュガーピンクの傘とならんでフェンスぎわにあらわれては、また遠のく。

終業のチャイムが時計塔のスピーカーによって校内に鳴りひびいた。シュガーピンクの傘が風に舞いあがり、上空へ飛ばされてゆく。つづけてダークグレーの傘もフェンスを越えていった。ふたつともまたたく間に消え去った。

がやがやとクラスメートがもどってくる。南々実は女子クラスだから、あらわれるのは女子ばかりだ。ひとり増えるたびに、フルーツキャンディとパフュームの香りがまじりあって、あたりは複雑な匂いになる。それぞれが浴びせるほどスプレーしているのに、それでも足りないと思うらしくさらにカバンからスプレーボトルをとりだして上乗せした。休み時間のおなじみの騒ぎだ。ともえの姿はない。

南々実はシュガーピンクの傘の持ち主をたしかめるために時計塔へ急いだ。休み時間は十分しかない。ところが、進路をはばまれた。風紀担当をはじめとする数人の教師が時計塔の入口を封鎖している。

救急車のサイレンが近づいてくる。まもなく消防車両とともに学校の構内へはいってきた。南々実は教師たちに追い返されて、教室へもどった。向かいの校舎の生徒たちが、ぞろぞろと外へ出てくる。列になって講堂を目ざしている。教室の窓から眼下の〈現場〉をのぞかないように、校舎の外へ出されたのだ。

中庭をはさんでいる南々実たちの教室からはなにも見えない。ただ、あわただしく行きかう教師たちの姿を目にするばかりだ。

南々実たちは学年主任の「ふれ」で、教室にとどまるよう指示された。だが、みんな廊下に出て、ほかのクラスの生徒と情報交換をしている。ともえはもどってこない。

南々実はそっと教室をぬけだして、ゲタ箱がある半地下の玄関口へいった。ともえの靴の有無を確認したかった。

そこには、ともえがうわばきにしている、かかとのつぶれたムジのスニーカーがあった。通学用の靴はない。そのとなりは南々実のゲタ箱だ。彼女の通学用の靴に紙片が差しこまれている。

「南々実へ」という文字が目につく。

〈これからサボるよ。一生のお願い。今夜は南々実のウチに遊びにいったことにして。ともえ〉

書いてあったのは、それだけだった。学校のまわりを、消防や警察の車がとりかこんでいる。生徒たちは教室に足止めされながらも情報を集め、南々実たちとはべつの学年の男女が、あいついで屋上から飛び降りたことを知る。

おもて向きはまるで接点のない男女だったが、実際にはいっしょにダイブするほどの仲だったことに、みなが驚いた。この心中騒ぎのおかげで、だれもともえの不在に気づかなかった。報道陣が待ちかまえるなかを、生徒たちは箝口令《かんこうれい》をしかれて帰宅した。

ともえの失踪が知れたのは翌日だった。彼女は母子家庭で、母子ともに外泊がめずらしくなかった。騒ぎがあったにもかかわらず、母親からの電話はなかった。だから、南々実も置き手紙の件はだれにも云わないでおいた。

おなじく翌日、おかしなことが発覚した。ダイブ死した男子生徒は、自宅から多額の現金を持ちだしていたと報道された。彼の父親は土地ブローカーで、自宅には常に数千万単位の現金があった。外部からの侵入をふせぐセキュリティは万全の家であったが、身内が持ちだすのをふせぐことはできなかったのだ。

もっとも、男子生徒が持ちだしたのは数百万で、父親にとっては騒ぎたてるほどの金額ではなかった。問題はその現金の大部分の行方がわからないことだった。男子生徒は、現金の一部を供《そな》えもののように靴の横にならべて飛び降りたのだが、残りがどこへ消えたのかは不明だ。風に飛ばされたようすもない。お供えはビニールで包まれ、ガムテープで屋上の縁《へり》に固定してあったのだ。

さらに、心中相手と思われた女子生徒は、男子生徒が飛び降りたあとでフェンスの外に供えてあった札束を拾おうとして、誤って転落したものらしいこともあきらかになった。彼らは、やはり心中ではなかった。

男子生徒の最後の念に、つまらない欲をだした女子生徒が引かれていった。それだけの関係だった。

そのあいだに、あらたな事実が判明した。シュガーピンクの傘は、転落死した女子生徒のものではなく、ともえのものであったことが、ストラップの刺繍の名入れによってあきらかになった。南々実が傘を買ったときに、そのサービスがついていたのである。

ともえが学校にかばんを置いたまま自宅にもどっていないことも発覚する。にわかに、ダイブと転落と、ともえの失踪とのかかわりが取りざたされたが、ダイブしたふたりにおなじ学校の生徒であるという以上の接点がなかったのとひとしく、ともえと彼らふたりとの接点もない。少なくとも表向きはそうだった。

学校も警察も、奇しくもおなじ日に起こった三つの事件としてあつかった。

ともえの置き手紙の存在は、南々実しか知らない。彼女はまだ、だれにも明かしていなかった。学校でも、家出なのか、なにかしらの事件に巻きこまれたのかをきめかねている。

ともえの行方がわからないまま三日がたち、十日たち、ひと月が過ぎていった。情報手段の発達したこんな時代でも、世間から姿をくらますことは可能なのだ。

半年後、南々実はようやく例の〈一生のお願い〉のメモを学校に提出した。カバンのなかにいれたまま忘れていたのを、見つけたからだった。教師に呼びだされた南々実は詳しい話をした。ともえがどこに泊まるつもりだったのかは、知らないと答えた。ともえには複数の交際相手がいたから、わからないのだ。

警察にも、あらためて事情を訊かれ、南々実は例の日記をひらいた。彼女が毎日克明につけている日記だ。

あの日、通学につかうバスが道路渋滞に巻きこまれ、彼女は学校よりもだいぶ手前の停留所でおりて歩くことにした。

途中でシュガーピンクの傘をさした人物が前を歩いているのを見つけた。足の骨格が、見慣れたともえの足ではなかった。その生徒は、ならんで歩く連れに、「きのう駅前の本屋で立ち読みして外へ出てきたら、この傘しかなかったんだよ。わたしのは盗まれた。ダークブラウンの。けっこう気に入ってたのに。だけど、占いで今週は拾いものに福ありって書いてあるのを読んだばかりだったから、まあいいかと思って。」と話していた。

そのふたりを追いこし、いったんは学校へ向かった南々実だが気が変わった。通院している頭痛外来のクリニックへ寄ることにしたのだ。雨の日は、頭痛がひどくなるので、薬を処方してもらうためだ。

待合室に、上級生のTがいた。発作性の頭痛に悩み、過去に自殺未遂を起こしている生徒だ。大きめのスポーツバッグを残してセカンドバッグだけを持って診察室へはいったので、南々実はそのスポーツバッグを持ち去った。これが彼女のほんとうの病なのだった。

遅刻して学校につく。ゲタ箱で、ともえと会った。メモをよこす。彼女は授業をサボって、茶系の傘をさして外へ出るところだった。シュガーピンクの傘は盗まれたと云う。一服しない？　と誘われて、南々実はうなずいていっしょに学校を抜けだした。札束をひろって隠した話をする。

見たいと云うともえを、クリニック近くの古家へ案内した。人の気配のない家だ。その後、ダイブ事件で騒然とする学校へ南々実はひとりでもどってきた。

「なぜって？　ともえが傘のことでつまらない嘘をつくのが、気にいらなかったから。」捜査官に訊かれて、彼女はそう答えた。

ヒントはもう云ったわ

庭はひくい崖で終わり、その向こうはもう海だった。エリカは祖母がそんな話をしていたのを思いだした。大叔父の家の庭先にいる。

祖母の娘時代には〈一町歩〉の屋敷だった。いまは往時の十分の一ほどになり、七人兄弟の末弟であった大叔父が継いでいる。

昔とはくらべものにならないが、それでも都内ではじゅうぶんに広い家の部類だ。そこにはもはや海の気配など、少しもなかった。地図上では、海岸線との距離は二キロほどある。ビルの四階か五階あたりまでのぼらないかぎり、海は見えないだろう。

だが、もよりの○○海岸駅という名は、かつて線路のすぐそばまで海だった時代がたしかにあったことを物語っている。

そのころの一帯は海辺の行楽地で、駅を出ればすぐに潮干狩りができた。開港したばかりの空港におりたつ飛行機も見えた。

庭先で糸をたれる釣り人がいた祖母の子ども時代には、はるか沖に杭が打ってあり、そこまで埋め立てられるのだと聞かされた。

「それがほんとうに、はるか遠くだったんだけどねえ。」

遠浅の海は陸となり、砂浜も海水浴場も消えた。あらたな海岸線には運河と競馬場と倉庫街があるばかりだ。


祖母がその家で生まれたのは、元号が昭和にかわった、ちょうどその年のことだった。祖母のほかはぜんぶ男兄弟で、そのうち四人の兄を戦争で亡くした。

「長兄だけが結婚していて、兄嫁は二歳の子どもをかかえて未亡人となったのだけど、戦後に成人した末の弟と再婚したの。九つは年が離れていたはずよ。弟はきれいな娘さんと交際していたのに、よく承知したものだわ。」

最後のほうは、情より実を選んだ末弟へのあてこすりだった。その末弟たる大叔父はバブル期に土地を売ってひと財産を得たのだった。

施設で暮らし、人の手を借りてやっと歩く状態の祖母であったが、エリカが見舞うたびに一時間も話しこむほど、口だけは達者だった。むろん意識も鮮明で、夜になっても朝食の献立をおぼえていて不満を述べ、ラジオで聞くニュースを話題に意見を云ったり憤慨したりもする。

ただ、まもなく八十六歳の誕生日を迎える高齢であり、日々こぼれ落ちてゆく記憶をとどめることはできずにいる。

ひと月まえにはおぼえていたことを、ふたたび訊ねても「とっくに忘れたわ。」と、この十年来そんな話題は口にしてこなかった、と云わんばかりに素っ気ない。

エリカはセレブな家庭婦人向け雑誌の記者という仕事がら、年配の人たちと逢って話を聞くことは日常的でさえあったのだが、身内の話に耳をかたむけようとは思いもしなかった。

まともに歩けずとも気だけは強く、ことばの調子もきつい祖母などなおさらだ。おっとり型の父が、なぜこの人の息子なのかと首をかしげるばかりである。

子どものころのエリカは、法事の席などでたまに逢う祖母が苦手だった。正装の黒い羽織姿に、威圧されたからかもしれない。あいさつをすませたあとはもう近寄らなかった。

成人したのちも親しまず、世間話をすることもない。顔をあわせれば、結婚はまだかと訊かれるのにも閉口した。自分の生年月日はむろん、孫が適齢期であることも忘れないのだ。十日ほど前も、その話題になった。

「あなたが結婚するときのお祝いは用意してあるのよ。だけど、それが見つかるかどうかは、運しだいね。」

冠に宝石をちりばめた黄金の天女像のことである。それは曾祖父がひとり娘のためにつくらせたものだった。

「当時はね、家を継ぐのは長男ときまっていて、土地も資産もひとり占めがあたりまえだったの。次男以下は学費や生活費の仕送りはどうにかしてもらえるけれど、学校を出たのちは自分の稼ぎで暮らすものだった。娘たちは、結婚をするときに支度金をもらい、それが財産分けになる。私は父が四十五歳を過ぎてからの娘だったから、ひょっとしたら花嫁姿を見るよりさきに死ぬことがあるかもしれないと思っていたんでしょう。実際そうだったのよ。父は私が十歳のときに亡くなった。その半年前の九つのころ、家族じゅうが留守だった日に、父は私を呼んで天女像を見せてくれたの。七色の宝石で飾った冠をつけた天女が、七色の羽衣を着ていたわ。とってもきれいだった。そんなふうに云うと、バロック時代の金細工の天使のようなのを連想するかもしれないわね。リアルなものじゃないのよ。博多人形のように、くびれのない円筒形なの。冠をいれても二十センチほどの小さな天女だった。なのに、とても重いの。金でできていたからよ。それをかくすために極彩色がほどこされていたの。泥棒に木偶《でく》だと思わせるためだった。実際は戦中の供出のときに、官憲の目をごまかす役にたったのだけれど。冠には宝石がちりばめてあった。それはガラス玉だと云いのがれたの。ホンモノほど、おもちゃっぽく見えるものよ。ルビーやエメラルドやサファイヤだった。細かしいのばかりだけどもね。私は七月生まれだったから、あとで指輪をつくれるようにルビーだけは大粒だった。だれにも見つからない場所へかくしなさい、と父は云ったの。そうして必要なときにとりだして、自分のために使うようにと。わたしは父に云われたとおり、家族が寝ている夜更けに、秘密の場所へかくしたの。兄嫁が雨戸のすきまからのぞいているのに気づいたけど、知らないふりをした。戦後になって、疎開先からもどって実家をたずねたら、そこかしこに穴を掘った痕があった。ずいぶんたくさん防空壕を掘ったのねって、わたしはあてこすりを云ってみたの。そうしたら兄嫁も兄嫁で、これは野菜や食糧を保存しておく室だったのよ、もうみんな食べちゃったけど。なんてとぼけていたわ。まるでわたしが食べものをねだりに来たとでも云いたげに、やんわり断ってるの。弟がハガキをくれて、ウチには貯蔵の野菜がだいぶあるから、とりにくるようにって書いてよこしたの。だからあの家にいったのよ。食糧難のあの時代は、わたしだって人に頭をさげようって気分になったものだわ。だけど気が変わった。憎らしい兄嫁のおかげで、よけいな頭をさげずにすんだわ。」

祖母は天女像をどこに埋めたのか、だれにも明かさずに過ごしてきた。夫にも打ちあけなかった。

「おじいちゃんはしっかり稼いでくれたから、天女を売って家計を助けるような苦労はしないですんだの。ありがたいことよ。だから、天女はまだあの家にあるの。娘が生まれたら、かくした場所を教えようと思ったのに、わたしの子どもは息子が三人でしょ。男ばかりが生まれる家系なのよ。孫だって五人のうち、女の子はあなただけ。だから、天女をどこにかくしたのかを教えるのもあなただけ。ただし、結婚がきまったら、という条件つきよ。」

祖母がどのくらい本気だったのか、エリカにもわからない。

「わたしもこんな歳だから、いつお迎えが来るかわからない。だから、披露宴の日取りを決めてからとまでは云わないわ。婚約者を連れてくれば教えてあげる。」とも云った。

エリカに交際相手がいないわけではなかった。ただ、三十路の彼女より五歳も年下で、まだまるで結婚する気などないのだ。

だが、話を持ちかけたら乗り気になった。ゲーム機世代のユカワは、宝探しだの秘密だのといったキーワードにはすぐさま反応するのだ。さっそく格安の婚約指輪を買ってきた。イニシャルもはいっている。アイテムをそろえるという点ではぬかりがなかった。本気度はひくいとはいえ、婚約ともなれば両親に黙っているわけにはゆかない。エリカは報告をかねて、事情を打ちあけた。天女像のありかを明かしてもらったら、破棄するつもりだとも云いそえた。

むろんエリカとしては、この芝居が真実に発展してもかまわなかった。そもそも、ともに学生だったころからのつきあいで、なんだかんだで十年にもなり、最終目的地がどこかもわからない旅に決着をつけたい気分でもあったのだ。

「本気で云ってるの?」

とは、エリカの母親の反応だった。やらせの婚約をとがめているのではない。ホラ話を真《ま》にうけるとはなにごとか、とあきれている。

三男のヨメである彼女は姑と同居する気苦労からはまぬがれているが、母と妻のどちらにもイイ顔をしたい夫のニュートラル路線のおかげで、姑とのあいだで発泡スチロールの玉を投げあうような――ケガはしないが終わりもない――闘いをずっとつづけている。

天女像の話を、エリカの父はまったく初耳だとおどろいた。親族間でそんな話が出たこともないと云う。

「それにどんな黄金像かは知らないが純金とはかぎらないし、ちりばめた宝石というのも、状態によってはただのクズ石だよ。」

などと堅実な人らしく娘に忠告をあたえた。

「でも、なくてもともとの天女像だもの。あればあったで、天に還してあげればいいのよ。月の船にでも乗せて。何十年も土のなかではかわいそうでしょ。」

「あらあら、詩人ね。」

エリカの母は、気のすむようにすればいいでしょ、と話のわかるところを示した。

ユカワをともなって、エリカは祖母を訪ねた。茶菓子でもてなされて談笑し、昼の懐石弁当までふるまわれたが、祖母はいっこうに本題を口にしない。

この日、祖母が熱心に語ったのは、嵐の日に行方知れずとなり死んでしまったものと思っていた大叔父の飼い猫が、半年ほどして見つかった、という話だった。しかも、近所のお堂をすみかにして仔猫を生んでいたとのことだ。

天女の話はかけらもなかった。根気がつきたユカワは、エリカが止めるのも聞かずに、自分から天女の話を持ちだした。祖母の反応は、予想外だった。なんのお話かしら、と逆に問いかけてくる。

それも焦らすために惚けているふうはなく、ほんとうになにも心あたりがない、というようすなのだ。一時間もしゃべり通すほど天女の話に夢中だったのはついこのあいだのことなのに、きょうはもう天女のての字もない。

そのうえ、「よけいな期待をさせてしまったのなら、ごめんなさい。わたしだって惚けたくて惚けるわけじゃないのよ。たんに歳なの。」と、めったなことでは詫びを口にしない人に謝られては、エリカもそこで憤るわけにはゆかなかった。

あきらめて腰をあげ、ふたりして手持ちぶさたの気分で帰ってきた。道すがら、文句を云うかとおそれていたユカワは、期待がはずれすぎて疲れたのか、なぜかおとなしかった。エリカもぐったりして、そのまま家路についた。

こんど連絡があるときは別れ話だろうと、ぼんやりと考えていた彼女のもとへ三日ほどしてユカワからメールがとどいた。待ちあわせの指定をしてきたその場所が、大叔父の家の前だった。すどおりして横道へ抜け、さらに五十メートルほど先のお堂へゆく。

ほら、と指さすところにほんの小さな石像が祀られている。むろん、黄金ではない。摩耗して顔かたちもよくわからなくなった天女だ。

「五十年ほどまえ、水道工事のときに出てきたのを祀ったんだって。」ユカワは、にっこりして云う。

「つまり？」

「お祖母さんは、天女を干潮の海に埋めたんだ。子どもの足で、庭先からの歩数を数えて。でも、やがて埋め立てが進み、地形が変わって、自分でもかくした場所がわからなくなっていたのさ。」

「黄金と宝石は、ただの幻想だったのね。」

「願望だろうな。」

ともに祖母を訪ねたさい、エリカが化粧室にいっていたそのすきに、祖母は若者の耳もとで「ヒントはもう云ったわ。」とささやいた。彼はゲームを楽しみ、天女を見つけて満足したらしい。


半年後、結婚したふたりに祖母からお祝いに天女をゆずるという知らせがとどいた。それは美術品として専門の倉庫に預けてある。贈与税をはらっても、なおけっこうな額が手もとにのこる逸品だった。

天女のほほえみに祖母の得意顔が重なった。

ありそうで、なさそうな

あやめ会主催の女子会――ほんとうは老婦人会――からもどった佐登子《さとこ》は、まずはすっきりしたお茶をいれて、気持ちを落ちつかせることにした。流れでる汗が止まらない。心の揺らぎに全身をブランコのようにゆさぶられ――むかしの遊園地にあった、回転しながらどんどんスピードが増してゆき、遠心力で外へ放りだされそうになる乗りものの感じで――なんだかもう方向も時間もさだまらなくなり、ぐるぐるまわって体内の水分という水分がしぼりだされている、そんな気分だった。

佐登子は女子校の英語の教師として定年まできっちりはたらいた。退職後は学習塾の採点の下請けや校正の仕事のほか、地域の生涯学習センターの講師をひきうけるなどして、いそがしくすごしている。さばさばした性格の、しっかり者との評判どおりに生きてきたのだ。長期出張が多かった夫には期待せず、体力だけをたよりにひとり娘を育てあげた。男ぶりのよかった夫は十年まえに他界した。

月に一度、バアサンばかりがあつまってボケ防止の女子会を催す。参加者は、あやめ会に登録しているメンバーにかぎられるが、地域の住民で年金生活者の婦人ならば、だれでも無料で入会できる。

集まりにジイサン連中をくわえないのは、空気が読めないという点で、バアサンたちの許容のレベルをはるかに超えていて、いらいらさせられるうえに、おだてやおあいそを云ってやらないと「おかんむり」になる単細胞があまりにも多くて始末が悪いからだった。

たとえ夫でも、給料袋を持ち帰った昔ならともかく、〈二階《うえ》さま〉になった古だぬきに尽くすギリはない。他人さまならなおさらだ。

〈無職〉だの〈宿六〉だのとわざわざ印刷した名刺を配ることがユーモアだと思っているような者どもと、楽しくつきあえるわけがない。それならと宿屋《やどや》八兵衛《はちべえ》さんと呼んでみても通じない。四でなし五でなし六でなしって意味ですわよ、と解説してもなお、ぽかんとする始末で、口も頭も達者なバアサンたちはシラケるばかりだ。

といって、女子会が和気あいあいの気楽なあつまりかと云えば、そうでもない。まったくもって複雑怪奇だ。
だからこそ、微妙な女ゴコロを斟酌《しんしゃく》できないジイサン連中は、およびではないのだ。

みんな若ぶってはいるものの、けっこうな年ごろのバアサンばかりである。ほぼ全員が自分はまだボケてはいないと思い、後家も亭主持ちも、子どもやヘルパーの世話にならずに独立していることを、いくらか鼻にかけている。

熱中症の予防も万全で、十人中七人までが、自分は倒れないと断言するのだ。戦中、あの炎天下で勤労奉仕したのだからと、かならず口にする。

あやめ会は、まだ威勢のよいバアサン連中にとってはサロンなのだが、認知症や介護を必要とする人たちが入所する施設の名称でもある。玄関ホールをくぐったところに集会室があり、月に一度の女子会はそこで開かれる。

佐登子よりずっと若い六十代で、施設の世話になっている人もいる。入所者が「おゆうぎ」をする施設のロビーを通りぬけながら、ああなってまで長生きはしたくないものだわ、と女子会のメンバーはささやきあった。一寸先は闇、と恐れてもいる。きょうの無事があすもつづくとはかぎらない。

市が運営する生涯学習センターの、古典を読む会だの短歌づくりだの朗読会だの、ちょっと教養めいた講座に参加しつつ、浮世の憂さ晴らしとばかり、実は休憩時間のスイーツとうわさ話のほうを百倍楽しんでいるバアサンたちだった。

元教師に元教授、元会社役員がいて元医者がいる。お茶の師匠に踊りの師範、現役の手芸家に洋裁家。バアサンになっても女子会なんてものにせっせと顔をだすのは、もとから口の大きい——つまり、しゃしゃりでるのがまんざらでもなく、おしゃべりも好きで、意見を求められれば求められた以上の熱心さで応じるような——人々だった。

女子会にはテーブルスピーチがあり、きょうのテーマは「ありそうで、なさそうな身近な話」だ。ああ、なるほどねえとか、ふうん、そんなこともあるのねえ、といったたぐいの軽いできごとを語る。語り手は、あらかじめ希望者のなかから選抜されていた。話上手と評判の佐登子もそのひとりだ。

ほぼ同世代のバアサン相手に、波瀾万丈の話は必要がない。子ども時代の戦争を生きのびて高度成長期をすごしてきたという点では、だれしも似たような山と谷を経験している。べつだん他人の自分史におどろきもしなければ関心もはらわず、聞く耳もない。百物語ばりの怪談や奇譚を披露する必要もない。

云うは易《やす》く行うは難《かた》し。話芸の達人がわんさといた昭和を知っているバアサンたちゆえに耳は肥え、口も辛い。スピーチを聞かせるには工夫がいる。

スピーチの一番手は、新しいメンバーである。ベテランの佐登子の前座にはうってつけだ。彼女はそんな余裕の表情で、ちょっとした昔美人の新入りさんを拍手ではげました。春にこの地へ越してきてすぐ会のメンバーとなり、半年ほどである。かんたんな自己紹介をすませたＪ子が語りはじめた。

ところがこれが（身近な話どころか）とんだトンデモ話だったのだ。しかも、それなりに話術が巧みなものだから、皆もひきこまれ、時間配分もへったくれもなく面白おかしく語るのを放っておけば、スピーチのすべての時間をひとりでつかい尽くしてしまう独演会だった。

Ｊ子は語る。

若いころのわたくしは、男の人が好きで好きで――ああ、もちろん、この人と思いこんだらという意味ですけれども、好きとなったらもう見境がなくて、ひとさまの恋人だろうと夫だろうと父親だろうと、そんなことを気にする余裕もないまま身も心も夢中になってしまうたちでした。

そうは云っても、わたくしもまだ若く純粋で素朴だったころですから、横取りしようとか泥棒しようとか、そこまで浅ましくもなれず、ただただ愛しい人のまわりをめぐる工夫をし、熱く見つめ、どうにかしていっしょにすごす口実をこしらえ、少しでも長くそばにいようとしたものでした。

とりわけ夢中になったAさんとは職場で出逢いました。既婚者でした。オフィス（ああ、なぜそこでカタカナ語をつかうのよ、と佐登子はいらいらした）にいるあいだは、夫人の目を気にすることもなく、同僚の手前はちゃんと仕事らしく見せかけて親しくしていました。Aくんは勤勉な部下にめぐまれてうらやましいかぎりだねえ、などと周囲が云えば、彼のほうも「おかげさまで」などと応じ、わたくしの仕事ぶりを評価してくれました。

大胆と思われるかもしれませんけれど、わたくしは彼の家へいっしょについていったこともあるのです。夫人にもごあいさつをしましたし、おじょうちゃまにちょっとしたもの——勤め先の近くの資生堂パーラーのチョコレート菓子でした——をおみやげにお持ちして、ずいぶんよろこばれました。あれはパッケージがとても麗しくて、六歳ぐらいの女の子さんですと、一目でトリコになるようなものでした。

そんなふうに月に二度、三度とおじゃましたでしょうか。そのうち娘さんのほうでもわたくしのことをおぼえてくれまして、たどたどしい口ぶりで、名前を呼んでくれたものでした。夫人は女子校の教諭をなさっておいでで、学校の行事で日曜日も出勤することがありました。そんな日は彼が娘さんの子守をするので、いっしょに銀座へ出かけたこともあります。おかあさまにはないしょ、と念をおしまして千疋屋《せんびきや》さんのいちごのショートケーキを食べたり、松坂屋さんの屋上で遊んだり、交通会館のうえのレストラン——あそこは回るレストランとして人気があったのですよ——でオムライスを食べたりしたものです。

佐登子はJ子の話のこのあたりで、なんだか胸苦しくなりはじめた。頭に血が逆流してくるかんじが、ありありとわかった。十年ほどまえに何度も経験したのぼせの症状と同じだった。ちょうど夫が亡くなったころのことである。最近はすっかり落ちついていたのだが、J子の話が神経を刺激したらしく、頭痛まで起こりはじめた。

幼いころの娘の姿が目に浮かぶ。日曜日の「おでかけ」ができないすまなさをかかえて、職場へ向かったことが何度もある。帰宅してみると、娘は存外にきげんがよく、パパと銀座のパーラーでパフェを食べたの、などとうれしそうに報告した。夫に子守をまかせるさいに不安だったのは、外出先での娘のトイレだった。夫といっしょに紳士用へ入ることになるのが、娘のためには好ましくないと思っていた。必ず個室へ入ってくださいね、と注意をうながすものの、男親というのは、その点での問題意識がうすく配慮に欠ける面がある。

娘のほうも、警戒心が足りない年ごろである。スカートがめくれていても気づかずにトイレから出てきてしまうことがあった。出るまえにはちゃんと鏡を見るのよ、と云っておいても忘れる。そんなふうなので（気はすすまないものの）ふだんは同居していない姑にあらかじめ頼んでおくことにしていた。むろん、息子べったりの人だから、住まいのある横浜からいそいそと出かけてきたものだ。

凮月堂《ふうげつどう》だのウエストだのでのお茶やら和光の洋菓子のおみやげやら、家計的には過分なぜいたくだったのだが、娘のためには惜しい出費ではなかった。

娘が見なれないハンカチ――ピンクのばらの刺繍がついた――を、愛用のハンドバッグに出し入れしているのを何度か見かけた。手をふくのにはつかわない、ただしまっておくだけなの、と云う大切なハンカチだ。姑にしては気のきいたものを、と思った記憶が佐登子にはある。

当時はそれだけのことだった。意識からはすっかり消えていた。けれども彼女の記憶装置のほうは、それをちゃんとタグつきでファイルして、キーワードさえ合致すればいつでもフィードバックできるようにしてあったのだ。

のぼせていた佐登子のからだからこんどは一気に熱がひいて、悪寒がした。すわっているのに、ひざがガクガクする。

夫が二重生活をしていることくらい、佐登子はうすうす察知していた。相手のしっぽをはっきりつかんでいたわけではなかったが、妻の直感というものだ。出張から帰宅する夫の旅行かばんのなかは、おどろくほどちゃんと整理されていた。風呂のついでに自分で洗ったという靴下や下着が、ホテル用石鹸ではなくあきらかに洗濯用洗剤の――しかも佐登子がふだんつかうのとはちがう――香りをさせていることにも気づきながら、コインランドリーでも利用したのだろうと軽く考え、放置してしまったのだ。

J子が話をはじめたときは、似たようなよくあるできごとだと思い、それを得々と語る彼女をばかじゃなかろうか、とながめていた。それでも、ひっかかりはある。ひょっとしたら娘がなにか知っているかもしれないと思いついて、佐登子は手もとで四苦八苦しながらメールを打った。

――ねえ、突然だけどおぼえていたら教えて。あのハンカチはだれにもらったの？ほら、ばらの刺繡の。

J子の話はつづく。

ここまでがテーマの前半の「ありそうな」話です。みなさんのお顔に、そんな古びた恋愛話は退屈だわ、と書いてあるのが読めますから、ごく簡潔にしめくくります。いまでこそ、こうしたナリでおりますけれど、若いころのわたくしは、背広にネクタイ姿でした。長男として生まれ、息子として育てられ、会社員としてはたらく、ごくふつうの若者だったのです。それが「なさそうな」話というわけです。

娘から返事が届いた。件名に〈じゅんじゅんよ〉と書いてあった。

——いつもそう呼んでたの。パパの部下だった人。若い男の人なのに不思議に娘ゴコロがわかっていたわ。

もう、うんざりだ

祖母が遺した一軒家で、弟とのふたり暮らしをしていた。地下鉄の駅まで路地をぬけてわずか三十メートルという立地のわりに、夜は静かな町で、職場のもより駅へも乗り換えなしで十二分ほどで着く。

どこへ出かけるのにも便利で、築五十年をこえる古家ながらも、職場の同僚たちにうらやましがられる住環境であったのだ。

それが、弟の借金のせいでとんでもない事態になった。返済に困りはてた彼は、夜逃げをするしかないところまで追いつめられていたが、ある晩、奇妙に浮かれたようすで帰宅した。

「いい話がまとまったんだ。これで借金を返すあてができた。首の皮一枚でつながったよ。兄さんにも死体の身元確認をさせずにすんだってわけさ。」

皮のおかげで、命をつなぎとめたかのように云う。「首の皮一枚」は一縷《いちる》の望みがあるときにつかう比喩であって、危機を脱したときの表現ではないぞ、と理屈をこねようとしたが、やめにした。

デイパックに荷物をつめこんでいる弟の耳からはイヤホンのコードがぶらさがり、デニムのポケットへつながっている。聞く耳を持たないという意味だ。

ぶらん、と肩から垂れさがった頭を、自分の腕でスイカのように抱えるところを連想した。シュルレアリスムの画家が描きそうな場面だ。そのスイカ頭の顔が弟ではなかったのはせめてもの救いだった。なにしろ、弟とぼくは一卵性の双子なのだ。

話をもどせば、皮一枚でつながった首など状態としてはすでに死んでいる。弟のアバウトさにあきれるばかりだったが、詳しい話を聞いてこんどはぼくの頭が沸騰しそうになった。

愚かな弟は、こともあろうに自分の部屋を他人に貸そうとしているのだ。その賃料を借金の返済にあてるのだと云う。そんな部屋を借りる者がいるわけはないと、とりあわずにいたが、おどろいたことに、世の中には弟以上の常識はずれがいるのだ。

ただし、それなりのネットワークのなかの話ではある。まともな不動産屋があつかわないワケありの物件をワケありの人物にあっせんして管理を引きうける仲介人が存在する。

又貸しの又貸しの又貸しの部屋や、床や柱に血痕が沁みついて落ちない部屋、天井の雨もりの痕がどうしても人面に見える部屋など、いわくつきの物件ばかりをあつかう。どんな面相の男女にも恋愛相手がいるように、どんな部屋にもそれを必要とする者がいるというわけだ。

あいた口のふさがらないぼくにかまわず、弟は身のまわり品を持って出ていった。女友だちの家にでも転がりこむのだろう。

それにしても、だ。同居の兄がいる一軒家の部屋を他人に貸すとは、非常識にもほどがある。しかし抗議もむなしく、弟の部屋は〈風呂・トイレ・キッチン共同〉の格安物件として情報屋のネットワークに流れた。「都心からわずか十二分。地下鉄の駅に近い好立地」などと、キャッチコピーがついている。

まもなく借り手がついた。なんとも間の悪いことに、ぼくは海外出張で一週間ほど自宅を離れなければならなかった。気の早い住人は、そのあいだに引っ越しをすませていた。しかも、玄関の鍵を新調したいと望み、仲介人はあっさり許可した。

つまり、「われわれは悪くない。なにが問題なのかわからない。」とだれもが決まり文句のように云い、それがまかり通る国でどうにかこうにかクレーム処理&再発防止対策すませ、ヘトヘトになって羽田へたどりつき、身も心も限界すれすれのところをようやく自宅へ帰りついてみれば、住みなれたわが家の玄関ドアに見たこともないセキュリティロックがついているのだった。カードキー+暗証番号の入力がなければ扉があかない、他人さまの家だ。

そこではじめて、弟からのメールを読んだ。仕事関係のメールはすでにチェックし、家までのタクシーのなかで可能なかぎり処理をすませた。残りは、あした出社してから片づける。あとは風呂にはいってからだをほぐし、ゆったりくつろぐ。そのつもりでいた。

弟からのメールなど暇なときに開封すればよいと思っていた。おかげで、玄関先に立ちつくすハメになったのだ。

弟への怒りをバクハツさせるまえに、優先すべきことがある。まずはセキュリティロックの解除方法を知る必要があった。弟が知らせてきた仲介人に連絡をいれた。

……留守番電話だった。午后五時半に営業時間を終了した旨の音声案内がつづく。

ビジネススーツを着ているあいだは、社会人としての冷静さを保つことにしている。コード化された行動様式によって、それが可能なのだ。感情の抑制は仕事の効率アップにもつながる。よく云えばそうなのだが、実態は会社の囚人だった。しかもモバイルという名の監視つきだ。

弟の生きかたの真似はできないが、心のどこかではあれぐらい好き勝手にふるまえれば、さぞかし爽快だろうと思っている。ハダカでも平気で街を歩けそうな弟を羨《うらや》んでもいた。といって、年齢のわりには高い給料をもらっている現在のポジションを否定する気もない。

このようなくだらない思考は、その内容に意味はない。頭へ血がのぼるまえに怒りをスライドさせるための手段なのだ。むろん弟への抗議も後回しにする。

あらためて玄関先に立った。ドアホンを鳴らして新しい同居人に声をかけ、キーロックを解除してもらうつもりでいる。

身分の証明をもとめられたら、ちょうど手もとにあるパスポートが役に立つ。

弟のメールでは、

〈仲介人にまかせているから、どんな人物が家を借りたのかはわからない。〉とのことだった。

〈おれの家でもあるんだぞ。〉とメールを送ったが、返信はなかった。

数分待っても応答はない。まもなく午后八時になる。就寝しているとは考えられない時間だ。「われわれは世界（宇宙）の中心だ」と国名で主張する国の官僚や企業経営者とのやりとりに鍛えられているおかげで、こんな場合に頭を煮えたぎらせない訓練はできている。

もう一度、ドアホンを鳴らした。家のなかで、人の気配がする。だれかがいるのは確かなのだ。再度、ドアホンを鳴らして辛抱強く待った。すると、ようやく足音がひびいた。二階から階段をおりてくる。一番下の段を踏むときの耳なれた床の軋みが聞こえた。自分ではなく、人がそこを踏むときに聞こえる音だ。

「こんな時間に、どなたですか？」

予想外なことに、若い女の声だった。玄関が別になっていない（風呂も台所もトイレも共同の）貸間であるのに、仲介人がなぜ性別を限定しなかったのかがわからない。先住者が男ならば、男を住まわせるべきではないか。若い女にとって午后八時は、未知の訪問者がくるには遅すぎる時間なのだ。

「……初対面のかたにご挨拶するには遅すぎる時間なのはお詫びします。私はこの家の世帯主です。あなたがどんな説明を受けて部屋をお借りになったのかはわかりかねますが、貸しだされたのは弟の部屋だけで、わたしの占有部分は賃貸物件にはふくまれません。私は一週間ほど仕事で留守にしていて、玄関の鍵が変更されたことを知りませんでした。これが、以前の鍵です。それから、こちらが私のパスポートです。顔写真をご確認のうえ、なかへ入れてください。自分の部屋へいきたいだけなのです。あなただって、同居人がいるのを承知でお借りになったのでしょう？　少しは私の立場も考えていただけませんか。」

古い家なので、扉とたたきのあいだにすきまがある。そこから、鍵とパスポートを玄関の内側へ押しこんだ。向こうからよく見える位置を選んで、ドアスコープの前に立った。

しばらく待っても反応がない。

「確認していただけましたか？」

念を押してみた。

「ええ。でも偽造ではないと云いきれませんよね。あなたが行き来なさっている国々は、その手口が巧妙であくどい地域ばかりです。押し込み強盗ではないと、どうして確信できますか？」

押し入ろうと思えば、こんなドアなど蹴破って入ると口に出かかったが、それではクレーム処理担当のエキスパートとしての名折れになる。ここは、このたびの出張の最後の難関だと自分に云いきかせた。

「では、どうすれば？」

「手荷物をからだから離してください。五メートル以上。」

そう云うので、門の外へ置いてきた。貴重品は身につけているから、万が一置き引きされても損害は最小ですむが、どうして自分の家へ入るのにこんな目に遭うのかと、憤《いきどお》らずにはいられない。

疲れもピークに達している。はやく風呂を浴びて横になりたかった。そのための辛抱と忍耐だ。

「つぎは服をぬいでください。」

「……服をぬぐ？」

「凶器を持っていたら困りますから、」

この女は、正気ではないのだ。ようやくそこに気がついた。疲れのせいで判断が遅れた。イカれた女にパスポートを渡してしまったことが悔やまれる。

「わかりました。今夜は引き取ります。あす、あらためてお話をさせてください。先ほどお預けしたパスポートを、お返しいただければ、すぐに立ち去ります。」

「なんのことをおっしゃっているのか、わかりません。」

「扉のすきまから差しこんで、お見せしたでしょう?」

「知りません。お引きとりください。」

「そうはいきません。あれは私にとって大事なものです。お返しください。」

「警察を呼びますよ。」

「望むところだ。そうしてください。頭のおかしい人と話すのは、もう、うんざりだ。」

玄関先を離れて、門のところで警察官を待った。先ほど、女に云われて遠ざけたスーツケースがそこにある。汚れがついていた。暗がりで目にしたそれを泥だと思って手でぬぐったが、予想外の感触に息を呑んだ。よく見ればそれは血だった。まだ乾いていない。

そこへ、自転車に乗った巡査がやってきた。ぼくの手は血で汚れている。スーツケースに血痕がついていたせいだと説明しようとして、一歩踏みだした足が何かを蹴飛ばした。ごろん、と転がったのは血まみれの頭部だ。弟の顔だ。

からだの力がぬけた。なにが起こっているのか、わけがわからない。叫びそうになったが、吸いこんだ息が吐けない。喉《のど》になにか詰まっている。声が出ない。かわりに女がだれかと電話でしゃべっている。

「……というわけで、出張帰りの飛行機で乱気流に遭遇して、飛んできたスイカが頭にぶつかって病院に運ばれたのよ。よく熟れたスイカでね、それが顔だの手だの服だのを真っ赤にしたんだけど、幸い、ケガはたいしたことなかったの。帰宅していいと云われて、タクシーで帰ってきたわ。……あとは、いつものとおりよ。わたしが先に家のなかにはいったちょっとのスキにはじまっちゃったの。ストレスによる意識障害。なりたい自分と、仕事の下僕の板挟み。わたしはまた、どこかの知らない女にされているの。いいのよ。こういう人と暮らしていると退屈しないから。この男をどうやって落とそうかって、考える楽しみもあるじゃない。だって、向こうは見ず知らずの女だと思ってるんだから。」

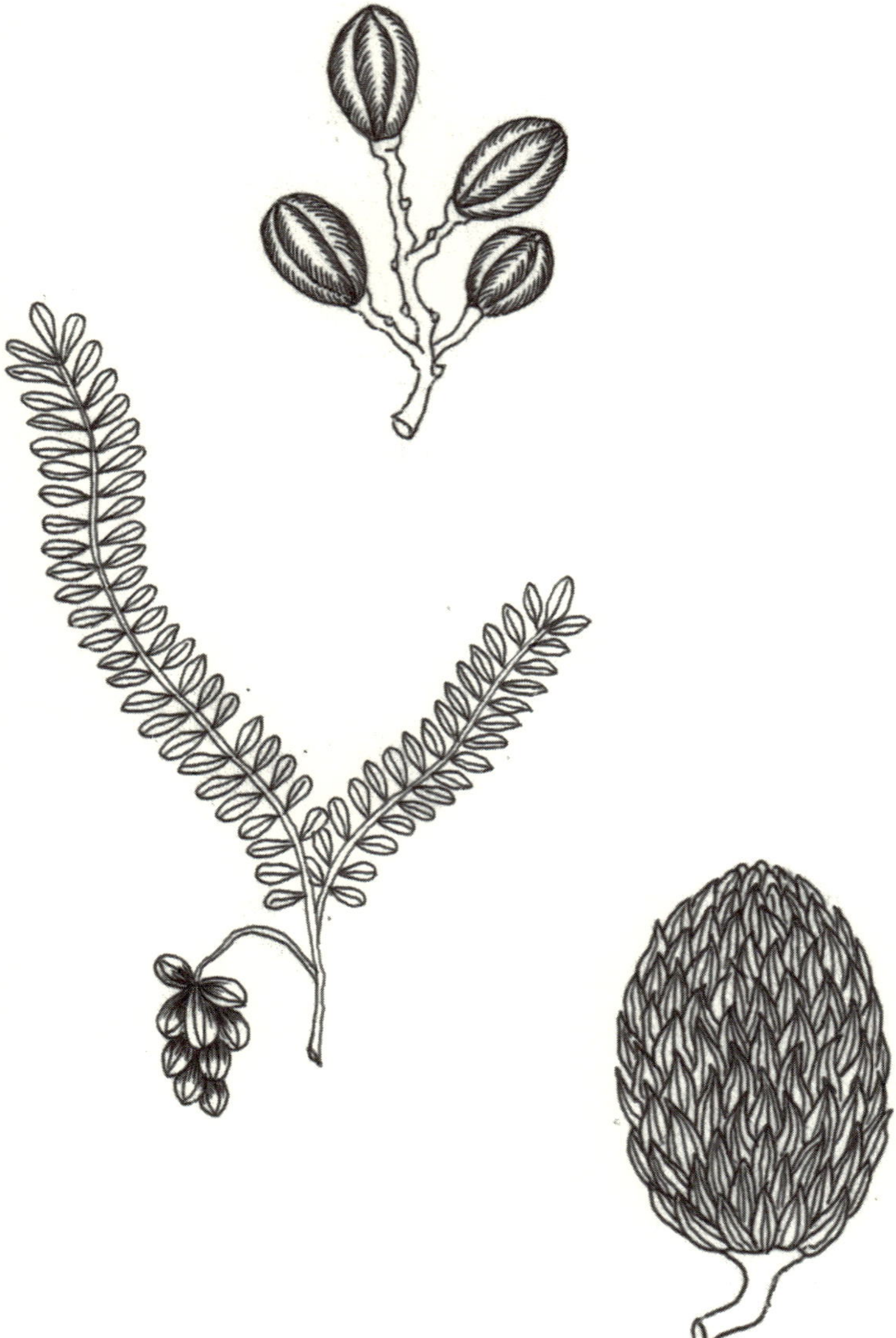

わたしに触らないで

遠足の朝、リュックサックにお弁当をつめた。イングリッシュマフィンをふたつ。それに甘くないピーナッツバターとマーマレード、シード&ナッツのシリアルバー。キウィをひとつ。

たべものが傷みやすい季節に、おにぎりやサンドイッチを持たせて食中毒にでもなったらたいへん、と騒いだレナちゃんのママが考えついたメニューだ。

みんながまねをした。レナちゃんのママの影響力は絶大で、先生もたじたじとなる。懇談会で、レナちゃんのママがちょっとひとこと云っただけで、いつのまにか教室の半分くらいの人たちが、その意見にうなずく。

ウチのおかあさんだってそうだ。ほんとうはシャケとおかかのおにぎりにするつもりで(わたしの好物だから)、使い捨て手袋をはめて作れば大丈夫だと思っていたはずなのに、そうしなかった。年齢は、レナちゃんのママのほうがちょっと若い。

家が近く、よく立ち話をしている。仲がよい。みんなにそう思われているけれど、実際はあまり好きではないらしい。レナちゃんとわたしが同級生で同じ学習塾にかよっているので、がまんしてつきあっているのだ。口にだして云ったわけじゃない。それでも、察しはついた。だって、わたしもレナちゃんが、ちょっとうっとうしい。

たとえば、ケンチのこと。彼は去年、遠い親戚の家にあずけられて一時的に転校した(いまはもどってきた)。転校先からわたしに、絵はがきがとどいた。熊本城の写真の青空のところに「元気だぜ。」と書いてあった。それだけ。でも、レナちゃんには出さなかったみたいだ。はがきが来たね、と云ったら、レナちゃんはうなずいたが、「なんでわたしには来ないのよ?」って顔に書いてあった。

それで、レナちゃんってケンチのことが好きだったのかな、ってちょっと思った。レナちゃんより十センチも背が低くて、前歯も欠けている。いいやつだけど、レナちゃんの気をひくとは意外すぎる。人ってわからないものだな。それにたぶん、ケンチの「商売」のこともレナちゃんは知らない。

ケンチは欠けた歯のかけらを、いつも持ち歩いている。おこづかいが足りなくなると、どこかのにぎわっている商店街へ出かけ、わざと通行人にぶつかってハデに転ぶ。そうして歯が折れたと云って騒ぐのだ。

彼とぶつかった人は、「それ、永久歯?」と訊ね、ケンチは首を横にふって「まだ乳歯。」とこたえる。すると、たいていの人はほっとした顔になって、「急ぐからいっしょにいってあげられないけど、これで歯医者さんで診察してもらって。」と云いながら、少ない人は千円か二千円、多い人は五千円札をくれるんだって。

それを一日に何回もすることがある。ほんとうは、お酒を飲んで暴れるおとうさんが投げつけたガラスの灰皿がぶつかって折れたのだ(乳歯なのは事実)。ケンチのおとうさんは、ふだんはメガネをかけたまじめそうな人で、声も小さくて性格もおとなしいのに、お酒を飲むと暴れるだけでなく、そのあいだのことをおぼえていない。おかあさんは、とっくに出ていった。

遠足の行き先はT山だ。標高は六百メートルほど。からだの弱い子のグループは、ケーブルカー乗り場へゆく。ほかのみんなは、教頭先生を先頭に中級向きのコースをのぼりはじめた。十月だというのにまだ暑く、先生から水分補給を忘れずに、と注意があった。

もうだいぶ登ったころ、ズンちゃんが遅れはじめた。シズナが本名で、みんなにズンちゃんって呼ばれている。だけど、ほんとうは「くびれがなくて、ドテッとしてズンドウ鍋みたい。」とレナちゃんが口にしたのがもとなのだ。

ズンちゃんはからだが大きくて重いせいで、運動はあまり得意ではない。いまも息があがって、苦しげな顔をしている。わたしは押し花用の植物さがしに気をとられて、いつのまにかみんなに追いぬかれた。おつきあいで、ズンちゃんのペースにあわせる。

登山道からすこしそれて、大きなエノキが目についた。幹が変なふうによじれている。どうやらべつべつの二本が、ぴったりくっついて育ったらしい。ズンちゃんとわたしで両手をつないで囲んでみたけれど、あと二人は必要だった。二本の幹のあいだに子どもひとりがやっと通れるほどのすきまができていた。その根もとに穴があって、ちょっとした小部屋になっている。からだが小さいわたしは、なかへもぐりこんだ。ズンちゃんは、ぬけなくなりそうだから、と外でながめるだけだった。

トイレみたいだと思った。登るとちゅうで水をたくさん飲んだので、そんな連想をしてしまったのだ。「遠足のしおり」によれば、山頂のビジターセンターにトイレがある。そこまでがまんする。

山頂へついて、お弁当を食べた。ひとつしかないトイレにはすぐに長い行列ができた。わたしがならんだときには、もっと前にいるほかのクラスの人が「八分もならんでいる。」と云っていた。がまんしてならぶしかない。

おかげで休憩時間のほとんどが過ぎてしまった。植物採集をするつもりだったのに、トイレにならぶうちに時間がなくなった。レナちゃんが自慢そうに押し花ノートを見せてまわっている。キツリフネがはさまれているのだ。遠足のまえの自由学習の時間に図鑑でしらべて、みんなでコレっていいよね、と云っていたあこがれの植物だ。〈わたしに触らないで〉という意味の学名がみんなの注目をあつめた。

「どこで見つけたの?」と訊いてみた。たぶんおしえてくれないだろうと思ったとおり、レナちゃんは「ナイショ。」と云う。かわりにズンちゃんが、さっきの抱きあった木のちかく、とこっそり打ち明けてくれた。

ズンちゃんはレナちゃんにせがまれてその木のところへ案内した。なんとレナちゃんは、そこで「おトイレ」をすませたのだ。雨傘を入口にひろげてなかが見えないようにして、ズンちゃんが外で見張った。「でも、わたしは太っているからね。」と云うズンちゃんはいまごろトイレの列にならびなおしている。まだ長い行列だ。

ケンチにもトイレの木のことを話した。おもしろがるにちがいないと思ったとおり、ノートの一ページを破き、「有料WCへご案内」と書いた。五十円だった。まだ行列ができている山頂のトイレのところへいって、そのノートの切れはしをもって歩いた。何人かの男子が彼のあとについてゆく。

じきに集合のホイッスルが鳴りひびいた。休憩時間いっぱい、ケンチは商売にはげんだ。先生たちには気づかれなかった。

整列して点呼をとった。みんなそろって下山する。先生にせかされるので、背の順にならんだ順番どおりに列を乱さず歩いた。ちびっこのわたしは、おなじくちびっこのケンチとならんで歩いた。トイレの木へ六人を案内して三百円かせいだと自慢する。

先頭にいたわたしやケンチがふもとへたどりついたころ、ぽつぽつと雨がふりだした。上空には真っ黒な雲がある。先生たちはみんなに急ぐよう合図を送った。まもなく、どろどろと変な音が聞こえてきた。雷だ。

先生の指示で、ケーブル乗り場のとなりのみやげもののセンターへ避難した。そこで雨宿りだ。二階のレストランも休憩所も、ほかの登山客でいっぱいだった。先生たちが声をからして、みんなが集合しているかどうか確認して歩いた。そのあいだに雷が大きくなった。

稲妻がはしり、地響きがする。女子が悲鳴をあげた。先生は、たてもののなかにいれば安全だから落ちつけと云う。雨の勢いがはげしくなる。みやげものセンターまえの広場に、ざあざあとたたきつける。風が吹いているが、その風になびくようすもない雨だった。視界は白くぼやけ、地表を水けむりがながれた。

空が光るたびに、耳をふさいだ。落雷だ、とだれかが叫びながらセンターへかけこんできた。雷に打たれた人がいるらしい。「不明の生徒さんはいませんか?」と消防団の人が先生にたずねている。落雷があった木の根もとに子どもが倒れていたのだ。あのトイレの木だ。幹のすきまへ入りこんで、出られなくなったところへ雷が落ちたようだと、現場からもどった消防団の人が話している。

わたしたちは、みやげものセンターの休憩所にあつめられ、もう一度点呼をとった。ひとり足りなかった。ズンちゃんがいないのだ。落雷があった木のちかくで「有料WCへご案内。一回五十円」と書いた紙が見つかり、ケンチが先生に呼ばれた。男子しか案内していないと云う。たったひとつのトイレに女子が長い列をつくっていたから、あぶれた男子相手の商売だったのだ。

ズンちゃんも、集合時間までにトイレの順番がまわってこなかったのだろう。下山のとちゅうでがまんできなくなって、あの木のところへひとりでもどったようだ。

レナちゃんは、まるで自分には関係ないという顔だ。直接の責任はないかもしれないけど、知らん顔はできないはずなのに。

ズンちゃんは一命をとりとめた。けれども、記憶をなくしてしまった。病院で意識を回復したとき、あの落雷の以前のことをなにもおぼえていなかったのだ。家族や兄弟のことも忘れてしまった。

その五カ月後、小学校の卒業式があった。有名中学へ進学するレナちゃんは気どった顔で、ズンちゃんは元気になってニコニコして証書をもらった。わたしは、父の転勤でI県へいくことになり、みんなと別れ別れになった。


あれから三十年がたち、同窓会のはがきが舞いこんだ。幹事はケンチだ。懐かしい名前だった。わたしは小学校の同級生ともレナちゃんとも、その後はまったくつきあいがなかった。でも、同窓会にはいくつもりだ。

それにしても、わたしの住所はどうして幹事に伝わったのだろう。ちょっと妙な気がする。小学校の卒業と同時に転居して、それ以来、ケンチともレナちゃんとも連絡はとだえている。年賀状のやりとりすらしていない。大学も西のほうだったし、就職先も関西だった。その後は海外へ出ている時期もあって、ほんの二年前に東京へもどってきたのだ。

ただ、ズンちゃんのご両親とは年賀状のやりとりをしていた。卒業式のとき、わたしがあの木を見つけた張本人であることを告白したのだ。かえってわたしを気づかってくれた。

同窓会の会場にいってみておどろいた。なつかしい顔ぶれが、ちらほらとあるなかに、見おぼえのないゴージャスなカップルが一組いた。男のほうに「元気そうだな。」と声をかけられ、その口ぶりですぐにケンチだとわかった。小柄でもなければ、歯の欠けたペテン師でもなくて、IT企業の経営者だという彼は、羽振りのよさそうな仕立てのよいスーツ姿だった。となりの美女と指輪がおそろいなのを見て夫婦なのだと理解したが、ふつうはひとりで堂々と出かけることがゆるされるのが同窓会なのに夫人同伴だなんて、と首をかしげつつ彼女にあいさつするわたしに、ケンチが「見ちがえただろ?」と小声で耳打ちした。

それはズンちゃんなのだった。記憶を失くした彼女は、それ以前の太めでズンドウな女の子とは決別して、おしゃれで華やかな人物に成長した。まさに別人だ。世の中には、そういう忘れかたもあるのだ。両親は複雑かもしれないが、こんな人生も悪くない。

レナちゃんは小学校低学年の(こんなところへ連れてこられて腹をたてているらしい)息子といっしょだった。その子が、ちょっとまえに「トイレ↓ココ」と書いた紙をレナちゃんの背中に張りつけた。だが、だれもが気づかないふりをした。

たぶん、みんなちょっとずつ彼女に仕返ししたい気持ちをかかえていたのだろう。三十年ぶりにスッとした、とささやく声がする。

ウチ、うるさくないですか？

マンション暮らしの近所づきあいは、ちょっとしたきっかけでこじれることがある。引っ越して間もないころ、美佐江は息子の妻からそんなアドヴァイスをもらった。

五年前に再婚した年下夫とのふたり暮らしだ。預金や収入の面で美佐江のほうに余裕があったので、マンションは彼女の名義になっている。だから、孫のマリナは「ミィの家」と呼ぶ。

ときおり遊びにくる彼女には、家のなかで駆けまわらないよう口うるさく云っている。跳んだりはねたりが楽しくてしかたのない年頃だ。子どもの足音は、その振動の特徴ゆえに、おとなの足音よりもかえって伝わりやすい。

インテリアコーディネーターの資格を持つ美佐江は、マンションの構造や機能や内装のことにはくわしかった。だが、住民たちの、なかでも主婦によるコミュニティでのふるまいかたとなると、おぼつかない。早期退職するまで仕事人間だった彼女の苦手分野なのだ。

遊びたい盛りのマリナの元気はありあまっている。ふだんと環境のちがう場所へやってくればなおさらだ。美佐江としても、口うるさいおばあちゃんではなく、いつもにこにこしているおばあちゃんになりたいのだが、孫と近所づきあいのどちらを優先するかは明白だった。

たまに遊びにくる孫よりも、平穏無事な日常を彼女はなにより望んでいる。仕事に明け暮れた日々と決別し、気のあうパートナーとの、どうということのない会話や、手料理でのささやかな食卓に価値をおく暮らしを、いまさらながら満喫しているところだ。

働き盛りで共働きの息子夫婦は、出張が重なることもめずらしくない。そんなとき、マリナは泊まりがけで「ミィの家」へやってくる。

それも、当日の朝になって息子が電話で「なんとか頼む。埋めあわせはするから。」と云ってくるのだ。だが口先ばかりで、埋めあわせとやらが実行された試しはない。すでに新幹線のプラットフォームにいることがあきらかな音声が電話にまじる。

急な出張だと云わんばかりの演出だが、前日にきまっていたくせに、わざとギリギリまで連絡をよこさないだけだ。時間の余裕をあたえれば断られるのを見こした息子の悪知恵だった。仕事上の取引相手の外国人が〈老獪《ろうかい》〉なので、彼の云いわけもそのつど巧妙になってゆく。

美佐江としては、小憎らしい息子のためではなく、彼の妻を助けるつもりで、孫のお泊まりや保育園の送り迎えを承知する。息子の妻のロミは、日本暮らしが長い東洋系フランス美人で、なにをもの好きに「うちの息子なんかと」と美佐江を不思議がらせる好人物なのだ。

彼女が出張のとき、マリナの世話をやくのは父親である息子の役目だが、それを逃れようとして、わざわざ出張の事案をつくっているようなフシがある。それでも、ロミもマリナもこの男にぞっこんなのだから、美佐江がとやかく云うことではない。

美佐江の最初の結婚は三年ほどで破綻した。息子を連れて、実家に出もどった。当時はまだ美佐江の母が健在で、孫の世話をひきうけてくれたおかげで、美佐江も仕事に専念できた。子育ての核心部分は実母まかせであったとも云える。

その負い目もあって、息子の強引な「なんとか頼む」を毎度ゆるしてしまう。息子も「よもや断りはしないだろう」と思っている。彼が云う「埋めあわせはするから」には、美佐江がそうすべきであるというあてこすりがふくまれている。美佐江にとっては、N

Oとは云えない呪いのようなことばだった。

四十代ともこれでサヨナラというよもやのタイミングであらたなパートナーと出逢うまで、家庭生活などかえりみる気も余裕もなかった美佐江だが、まさにひとつの出逢いによって百八十度の変化が起こったのだった。

彼女はあっさり仕事の一線をしりぞき、フリーランスとなった。その後はもとの職場の助っ人や、カルチャーセンターの講師などをしている。それでちょうど、年若い夫との収入がつりあうのだ。

「ウチ、うるさくないですか？」

あるときマンションのエレベーターで、美佐江はそう問いかけられた。階下の住人だった。三十代なかばくらいの、すらりと背の高いその人は、音大受験生向け塾でピアノ講師をしながら女手ひとつで小学生の息子を育てている。

という話は、マリナをマンションのプレイロットで遊ばせていた夫が聞きこんできた。彼はマリナの父親と思われたらしく、さらにそれを訂正もしなかった。

ピアノの音を気にしてのことばかと、美佐江は思った。むろん階下の住人はオプションで防音工事をおこなっており、ピアノの音はいっさい聞こえてこない。

小学生の男の子がいる家庭にしては、静かすぎるくらいだった。足音もたまにしか聞こえてこない。それは、よそごとながら心配になるほどだった。だが、よけいなことでもある。

「いいえ、ちっともうるさくなんかありませんよ。」

「……それなら、安心しました。」

ピアノ講師は不安そうな顔つきのまま立ち去った。ふわふわした巻き毛の長い髪の人だ。細かい花柄のロングスカートに手編みふうのダークカラーのカーディガンという服装が多い。

薄化粧にシルバーピンクのフレームのメガネをかけ、ハデではないが美人だった。

美佐江はあとで、ロミの意見を訊いてみた。彼女は「それは逆の意味かもしれない」と指摘する。

つまり、ほんとうは美佐江の家の生活音をうるさいと思っているのだが、あえてそうとは云わず、自分の家がうるさいことを気にしているような口ぶりで、遠回しにわからせようとしている、のだと云う。

美佐江の夫もふくめ、白黒はっきりさせないのは、この世代の特徴らしかった。

「でも、ウチだってうるさくないつもりなんだけどなあ。」

「主観はそれぞれですもの。」

よその家の音をうるさいと思っているのに、相手に向かって「ウチ、うるさくないですか？」とたずねるなど、美佐江には理解しがたい思考回路である。

鍵ひとつでドアのなかに入ってしまえば、隣人の暮らしぶりは断片的にしか見えてこない。それが憶測を増長させ、懐疑心をつのらせる。マンションならば隣人によぶんな干渉をされず、接続したいときだけ接続する快適な暮らしがあると思ったのは、一軒家から移り住んだ美佐江の幻想だった。

円満な日常生活のためには、高度なコミュニケーション術が必要となる。そんなマンション暮らしのややこしさを、彼女はいまさらながらに実感した。

一軒家の近所づきあいも、むかしほど開放的ではない。網戸にもセーフティロックが必要な時代だ。とはいえ、マンションにくらべれば、もうすこし情報は豊富だった。敷地を接していれば植木のようすや自家用車の車種、窓辺の小物や二階のベランダの洗濯物などから、それとなく住人の好みがうかがえ、人となりも連想できるものだが、マンションではそうした要素が、ほとんど見えてこない。せいぜい行きあうさいにたがいの洋服の好みをチェックできるくらいだった。

若いころからスカートは好まず、ショートヘアで通している美佐江には、ロングスカートで手編みふうのカーディガンをはおり、フェミニンな長い髪をした女性の心のうちは、理解できそうもなかった。

息子の家へ送りとどけるマリナを連れて、美佐江は電車に乗っていた。するといくつ目かの駅で、愛らしい顔にピンク系のメイクをした女性が乗りこんできた。着ている服も、きらきらと光る糸を織りこんだ淡いピンクのツーピースで、衿《えり》ぐりや袖口には若い人ならではの白いボアのヘムがついていた。

「あら、マリナちゃん、こんにちは。きょうはおでかけだったの？」と声をかけてきて、となりの美佐江には頭をさげた。

「おばあさまでいらっしゃいますか？　わたくし、マリナちゃんの家の近所に越してきた者です。うちの子が駅前で転んだところを、マリナちゃんのパパに介抱していただいて、それでご縁ができたんです。」

それから、あたりさわりのない話をしばらくつづけた。美佐江は「おばあさま」にはちがいないけれど、よそさまにそう呼ばれたくはないわ、と憤慨しながらも顔にださないようには努めた。ここは息子とロミの生活圏なのだから、近所づきあいのじゃまをすべきではない。

買いものがあると云うその人と駅前で別れたときは、正直なところほっとした。美佐江は息子の家へまっすぐ向かわずに、マリナとベーカリーカフェにはいった。

いまのはだれのママ？　とたずねれば、ウッシーのママだよ、と云う。

ウッシーというのは、ピアノ講師の息子の潮《うしお》くんのことだ。念を押したがマリナはまちがいないと、ヨーグルトマフィンをほおばって目顔でうなずいた。

「潮くんが転んだとき、パパといっしょだったのよね？」

「うん。パパがお迎えに来る日だったの。ウッシーは水たまりですべって転んで泣いてたんだよ。でも泣いたことは、ナイショなの。」

「それなら、聞かなかったことにしておくね。」

「ミィにはしゃべってもいいの。ウッシーのママにナイショなの。」

「……ねえ、そのママだけど、」

どっちのママかと、美佐江は訊こうとしていた。保育園児にそんなことをたずねてはいけないと考えなおし、その場は話をそらしたが、ロミにはこの謎を持ちかけずにはいられなかった。彼女も首をかしげた。

「ミィさんのお話に出てくる階下の息子さんが、潮くんのことだなんて、思いもよりませんでした。」

ロミによれば、潮くんの家は母子家庭であるが、仕事を持つ母親の収入はなかなか高いらしく、そうじや洗濯などの家事を専門の業者に頼む余裕がある。

「離婚したのか、未亡人なのかはわかりません。それをたずねるほどは、親しくないんです。あれこれ知ろうとすると、こちらも打ち明け話をしなくちゃならないし。……もちろん、たいした秘密はないけれど。」

「それもそうね。わたしだって、十八歳も年下の夫をどうやってだましたの？　って訊かれても困るわ。」

ふたりがそんな会話をする横で「おえかき」をしていたマリナがふいに顔をあげて、

「あの人は、ほんとうはウッシーのパパなんだって。ウッシーがおしえてくれたんだ。」

と云った。

「どっちが？」

美佐江とロミの声は、ほぼ同時だった。ドアホンが鳴って、マリナが駆けだしてゆく。

「パパ、お帰りなさい」と出迎えている。

のこった美佐江とロミは顔を見あわせた。ロミが目配せをする。

「よそのご家庭の事情をサカナにするのは不謹慎ではあるけれど、このさい、勝負しません？」

「望むところよ。あなた、なにをおごってほしい？」

「それはもちろん、自分では五千円もだして絶対に買わないけれど、もらえるならうれしい究極のヨーグルト、」

「〈クレマドール〉ね。のったわ。」

結果は、ご想像におまかせする。

どうしようもない。芙美恵《ふみえ》は施設の訪問を終えたバスのなかで、ためいきをついた。家に帰りたいと父にせがまれたが、そんな場所も時間も人手もない。

父が云う家は、都心から急行で一時間ほどの近県の町にあった。母が亡くなってからは、家具や布団が目に見えて色あせた。タンスや引きだしに収まることのない衣類や、戸棚にならぶことのない食器や雑貨が地滑りのように高いところから低いところへ転げ落ちて、そのままになっていた。

芙美恵の母はよく云ったものだった。「おひつは毎日つかうことで、長持ちするようにできているの。何日もつかわずに乾燥させてしまうと、たちまち反ったり継ぎ目が弛《ゆる》んだりする。そうなると、もう元へはもどらないのよ。寿命が縮むの。」

だから毎日ご飯を炊いて、おひつに移し、その日のうちに食べきるのだ。父は炊飯器をきらった。文化鍋での炊きたてが好きだった。母は朝と晩とにご飯を炊いた。自分はいつもおひつの冷やごはんを食べていた。チャーハンやチキンライスは好きだからいいのよ、と云いながら。

冷やごはんを食べ、ぬるいお風呂にはいっていた母が先に逝き、一番風呂を浴び、熱々の御菜を食べて、満腹になればすぐ横になっていた父が残った。

芙美恵は父のいる施設に新しい衣類をとどけ、古びたものを引き取ってくる。衣類はすぐヨレヨレになる。食べものをこぼしたり粗相をしたり、曲がった腰のせいで無理に引っぱられたりするからだ。

家も道具も人も、毎日の手入れができなくなれば、たちまち荒れる。主《あるじ》の足腰が萎《な》えて、家も弱る。家具や道具はあるべき場所にとどまらず、動かせば動かしたままになって漂流する。

液状化した地面から水が沁みだすように、タンスや食器棚から、じわじわと物がはみだし、垂れさがり、床に落ち、やがて部屋じゅうに散乱するのだ。父を施設にいれる寸前の家はそんなふうだった。

芙美恵の母が大事にして磨きあげていた鏡台もタンスも、丁寧にアイロンをかけていた服も、衣類袋をかぶせてきちんとしまってあったコートや上着も、もはや記憶のなかにしかない。

汜濫する〈土砂〉にまみれてそれらしきものはあったが、物理的にも心情的にも彼女はそれらを、昔と同じものだとは認められなかった。とうとう、業者に依頼して片づけてもらうことにした。

ひとまとめにトラックの荷台に積みこんでゆく。天袋の奥から、金や銀の小さな飾りが詰まった箱が見つかった。天然木のクリスマスツリーを飾った子どものころの名残だった。芙美恵の背丈より高い木に、背伸びをしながら星やサンタクロースの飾りを吊るした。

ゴミを積んだトラックが走り去ったあとの道ばたに、クリスマスの銀の星がひとつ落ちていた。芙美恵はそれをひろって、ポケットにしまった。家と土地は売りに出しているが買い手はつかない。

芙美恵の父の勤め先で、安く斡旋してくれた土地に建てた家だった。両どなりも裏手も向かいも、父と同じ精密機器の工場で働く人たちの家で、同じ工務店に依頼した。屋根の色や間取りはちがっても社宅のようなものだった。

町の遠くで終業のサイレンが響くと二十分もしないうちに父親が自転車で帰宅するのも、となり近所みな同じだった。組合のあつまりを理由に遅くなるときも、温泉旅行も、市営グラウンドでの草野球大会もそうだ。いつだって近所じゅうの父親たちの足並みは、工場の生産ラインのようにそろっていた。

それにひきかえ、母親たちは目に見えない複雑な連絡網で結ばれ、となり同士が必ずしも仲がよいとはかぎらなかった。砂場遊びをする子どもたちのそばで、うわさ話に花を咲かせる。ターゲットの家のようすが、テレビを見るように鮮明に浮かんでくるほど細部のことばかりを話題にしていた。小さな世界で生きている人たちだった。

芙美恵もそこで育ち、高校を卒業して東京の大学にはいった。室内用品の専門商社に就職して二十年になる。ニコニコしてお茶を淹れ、会議のために何十部ものコピーをとる仕事からはじめた。しだいに仕入れや企画の提案をする機会もふえていった。いつしか新しいブランドを発掘して商品展開するプロジェクトのチームリーダーになった。だが、それより上はなかった。気がつけば、後輩の男子社員が上司になり、聞こえるところでオバサンと云われるようになっていた。

お茶くみ入社の芙美恵は語学ができない。彼女が若手だったころは、ワープロや電算機を使いこなして用途別のビジネス文書をつくり、上司たちの本音と建前を見分け聞き分け、独自の意見をつけた企画書を提出できればそれでよかった。販路も国内が中心だった。

ところがいまは、主力商品の大半は仕入れも販路も海外になっている。若手は語学力を見こまれて入社したバイリンガルばかりで、地味な事務仕事などする気もないし、できもしないが、ペーパーレスのこの時代に文書の社印の押印位置や折りたたみかたや封書の糊づけの範囲などを知る必要もない。

彼らはモバイルを手に、片道の航空券だけとってスピーディに海外出張へ飛びたってゆく。行った先で格安ホテルを予約して宿泊する。そんなことは芙美恵にはとうていできない。

外国籍の役員も増え、企画会議の多くは英語でおこなわれるようになった。芙美恵が参加できる会議の数は、ごくわずかだ。ハイヒールで歩く都会の営業は、もはや彼女にはまわってこない。

出向くのは、道が悪いのでスニーカーで来てください、と云われる場所ばかりだった。そこに倉庫がある。バイリンガルな若手が海外の新商品フェアに出張し、先方の売り文句をそのまま翻訳しただけの報告を本社に伝えたあげく、ありもしない〈感性〉とやらで仕入れた商品が、見こみちがいで売れ残って在庫になっている。

芙美恵は英語こそできないが、商品を見れば、それの市場があるかないかの判断はできる。海外ブランドの、傲慢で高飛車な広報担当に、抱きあわせのゴミを摑まされた自覚もない若手が、語学力――実は直訳力――を生かして商談をまとめてきた残骸だ。

芙美恵が若かったころは、語学のできない平取の上司が物見遊山だか商談だかわからない海外出張のはての仕入れで在庫の山を築いた。あてのない販路の開拓だけを部下におしつけた。

結局、芙美恵はオフでも仕事でもゴミの後始末ばかりしている。そうして、彼女自身が棄てられるのも時間の問題だ。

ひとり暮らしの彼女の自宅は、ひとつの会社に無理やり長く勤めてやっとの思いで手にいれた2LDKのマンションだ。

ローンはまだ十五年ほど残っている。定年近くまで支払いつづけてどうにか終わる計算だ。ゴミ担当でもなんでも、社員として粘るしかない。

ふた部屋あるのだから、ひとつは親のために空けてもいいではないかと人は思うかもしれない。だが、気が滅入る仕事をしたあとで、さらに介護をするなど考えられなかった。

家のなかのバランスは、暮らす人の意志によって支えられている。実家のようにひとたび地滑りがはじまったら、崩壊をとめるのはむずかしい。

芙美恵の父にしても、もとはそれほどまでに片づけのできない人ではなかった。あるべき場所に物をもどすことはできた。だが、からだが不自由になり、なんでも手のとどく範囲にならべておくクセがついたのだ。

洗濯ものと着さしの服がいりまじるようになったら、もう衣類はタンスを必要としなくなる。イスの背もたれや、こたつのまわり、枕もとなど、あらゆる場所に一時的におかれ、そのままになる。

食器や雑貨のたどる道も同じだ。母がいるときには、服やタオルはもちろん、小さなクリップや輪ゴムにいたるまで、家のなかのあらゆるものに定位置があった。

前の晩になにを食べたのか、父はまだちゃんと答えることができる。自分の名前も生年月日も忘れていない。現在の与党も総理大臣の名前も知っている。だから、ボケてはいない。

家のなかを片づけるには、元の場所をおぼえておく記憶力を必要とするが、生命の維持にかかわるほど重要でもない。片づけなくても死にはしない。日用品は手のとどくところへ出しっ放しにしておくほうが、便利でもある。

師走が近い。介護施設のなかも、はやばやと金銀のモールや豆電球のイルミネーションで、クリスマスの飾りつけをしてあった。

芙美恵は昔、オルガンを習っていた。「メリーさんのひつじ」や「ロンドン橋落ちた」などの簡単な曲をどうやら弾けるぐらいのころ、クリスマスが近づいて「きよしこの夜」の練習をはじめた。

ある晩、仕事からもどった父が「おとうさんもクリスマスの曲を弾けるぞ。」と自慢そうに云った。鍵盤などさわったこともないはずの人が――そのときもドの鍵盤を芙美恵に確認するほどだったのに――オルガンに向かった。

右手の人差し指だけで「もろびとこぞりて」のはじめの一小節を弾いたのだ。

たしかに「もろびとこぞりて」だった。芙美恵はびっくりした。思いがけなかった。口のなかで歌詞にあわせて拍子をとりながらドシラソファミレドと弾けば「もろびとこぞりて」になるのだ。

その単純さと意外さに、芙美恵はよっぽど目を輝かせ、とびきりの笑顔を浮かべたのだろう。また、それを見て父もうれしかったのだろう。よろこびがあふれた。母がこしらえたチキングリルが、ことのほかおいしかった。

同じ手は一度しか通じないのに、その後もクリスマスのたびに「おとうさんも弾けるぞ。」と去年のことを忘れ去ったかのように、父は何度でもくりかえした。芙美恵はあるとき「それはもう知ってるよ。」と素っ気なく云い、ドシラソファミレドと自ら鍵盤をたたいて、つづきも弾き、父のささやかな楽しみを奪った。

なぜ、同じことをくりかえすのか不思議でならなかった。思春期にさしかかっていて、芙美恵は父をうっとうしくさえ思った。いつしかクリスマスの夜をいっしょに過ごすこともなくなった。

あれから長い時が過ぎ、いまは芙美恵にも父を労《いたわ》る気持ちがある。だが、彼女の職場は歳末が稼ぎどきで休みをとりにくい。クリスマスの直前になって、ようやく時間をみつけて施設に電話をかけた。職員の人に、父を呼びだしてもらった。電話の向こうから「もろびとこぞりて」が聞こえてきた。施設でもクリスマスソングを流しているのだ。けれども父はなにも反応しない。ボケてしまったのかと芙美恵は不安になり、「おとうさんの弾ける曲だね。」とほのめかしてみる。すると父は「ああ、だけど芙美恵のほうがうまいからな。」と遠慮がちな声で云った。

芙美恵は、やっと自覚した。父に弾かせずに、自分が最後まで弾いてしまったあのとき以来、父はもう「もろびとこぞりて」のことを口にしなくなっていたのだ。

父が弾く「もろびとこぞりて」をはじめて聞いたときの芙美恵が、どれほど輝く目をしていたのか、どのくらいとびきりの笑顔で父を見つめたのか、彼女は記憶をたどってそのときの表情を思いだそうとした。いまの自分の顔は見たくなかった。

目が潤んでくる。芙美恵はハンカチを取りだそうとして上着のポケットに手をいれた。プラスティックの星が出てきた。油性ペンでスマイルマークが描きたしてある。子どものときの彼女のいたずら描きだ。小さなしあわせで、いっぱいだった。

ドシラソファミレド。芙美恵は電話に向かい父に聞こえるように口ずさんだ。

すべって転んで

夜のあいだに、雨が雪に変わった。真夜中は静かだった。雪がふりつづけたのだろう。車の音も聞こえてこなかった。

目をさましたときは、もう晴れていた。一晩で、風景は一変した。道路も家並みも、白い雪に深々とおおわれている。それでも、これは冬の最後の朝なのだと思った。まだ二月のなかばなのに気が早いと笑われそうだったが、高校入試の合格発表がある朝のことで、わたしにとっては受験勉強に明け暮れした長い冬の出口だったのだ。

これを書いているいまは、あの朝からもう四十年がたっている。けさ、思いがけず雪景色となり、なつかしい記憶がよみがえった。目をとじれば、ここはもはや実家のなかだ。

二段ベッドの上の段で目をさまし——下の段には妹が寝ている——梯子《はしご》をつたいおり

て洗面所へゆく。ストーブにのせた朝食用のパン――わが家では冬のあいだはトースターをつかわず、円筒形のマントルのストーブでパンを焼いたものだった――の匂いがする。

いつもと変わらない朝である。鍋で煮立てた牛乳でミルクコーヒーをつくり、トーストした厚切りのパンに両面焼きの――でも黄身は半熟の――目玉焼きをのせた。冷たい野菜はきらいだったので、母にキャベツ炒めをこしらえてもらう。

テレビのニュースは、雪のために電車が遅れていると伝えていた。ふだんなら、学校まで徒歩で通学するのだから電車のことは気にしない。けれどもその朝は、いったん登校して出席をとったのち、すぐさま駅へ向かうことになっていた。合格発表を見に、電車に乗って受験した高校へゆくのだ。

入試の日から一週間、ずっと「まな板のうえの鯉」だった。慣用句としておぼえたそのことばを、あのときほど実感したことはない。

いまにして思えば、慣用句なんてまともなおとなの日常生活ではほとんどつかわない。なのに、そんなことばばかり習うのが、学校の国語だった。

よりによって、合格発表の朝が大雪だなんて、と母が云う。トーストのうえで半熟の卵がとけて、黄金色の海になる。試験に合格するか否かは重大問題だったが、それで人生がきまるとまでは思っていなかった。

いくらでもやり直しはきく。人生は長い。

おとなが口にすることばを信じていた。あれもただの慣用句だったのに。いま、こうして記憶をたどってみれば、あの朝が岐路であったのはまちがいない。わたしにとっても、友だちのミッチにとっても。

将来にたいして、大それた計画を持っているわけではなかった。十五歳では、まだなにも具体的には決められない。成績もなみだった。特別に好きな科目もなく、自慢できる特技があるわけでもなかった。

希望どおりの高校に通うのが当面の目標だった。大きなリボンを結ぶ丸衿のブラウスと黒いタイツの制服を着たいと思った。それだけのことだ。

モヘアのもこもこしたマフラーを首に巻きつけ、底がギザギザした雪道用の長靴をはいた。ふだんの雪の朝なら、すべって転ばないように気をつけて歩きなさいよ、と母に注意をうながされるところだが、その朝は「すべって転ぶ」は禁句だった。

玄関ドアをあけた。足もとに気をつけて、と母が云う。まさに、うってつけのことばだ。よく思いついたものだ。道路に積もった雪は、まださくさくしていた。陽のあたるところではもうとけはじめている。植え込みの桜の小枝がポキポキと音をたて、大粒のしずくごと雪のうえに落ちてくる。

車道の雪は泥まじりのシャーベットになっていた。凍るまえにとけて、タイヤでえぐられた痕が深い水たまりになったところもある。チェーンを巻きつけた車の荒れたわだちが、どこまでもつづく。

交番のまえで、ミッチと合流した。S字に蛇行する道を歩いてゆく。はじっこのほうは犬のフンが埋まってるよ、とミッチ。もう、ここへ来るまでにひとつ踏んづけちゃったよ、とむくれている。合格祈願のお守り札をいくつもカバンにぶらさげた彼女が一歩踏みだすたびに、じゃらじゃらと鈴が鳴る。

ミッチはなにごとも、目標を立てて突き進むのが好きだった。一日にひとつ新しい花の名前をおぼえるとか、きめた数の犬とすれ違うまで歩きつづけるとか。

英語が得意で、それを生かした職業に就くと宣言していた。海外で暮らし、世界じゅうを旅してまわるのだとも語った。彼女の部屋には、景品でもらったパンナムの水色のバッグがぶらさがっていた。

いっぽうでは手芸も上手で、ちょっとした布があれば、はぎあわせて器用にウサギやクマをつくって、同級生たちに気前よくプレゼントした。料理も好きで、茶わん蒸しやコロッケもレパートリーにはいっていた。そのころのわたしは、オムライスをつくるのがやっとだった。

道は少しくだっている。前を歩くミッチがよそ見をしているようだから、足もとに気をつけて、と声をかけた。だが遅かった。ミッチは足をすべらせて転んだ。わたしはなんとか踏んばって転ばずにすんだ。

「きのう、せっかく白いヘビの夢を見て縁起がいいと思ったのに、これじゃだいなしだ。」

ミッチはヘンなことを云う。

「白いヘビって、縁起がいいの？」

「おばあちゃんがそう云ったよ。だからゆうべは、にゅうめんを食べて、枕もとに鏡をならべて、それで寝たんだよ。」

海外暮らしをするという野心を持ち、家庭教師を頼んでまで語学力を磨いているミッチなのに、彼女の日常は祖母ゆずりの古風な縁起かつぎで成りたっていた。修学旅行でも、三人で写真を撮るときは、ぜったいに真ん中にならなかった。旅館では北枕はいやだと云って、ひとりだけみんなとちがう向きで寝た。そのくせ方向音痴だから、どっちが北だか、実はよくわかっていなかった。

すべって転んだあとで、ミッチは験直《げんなお》しにおばあちゃんと電話で話したいと云いだした。携帯電話などない時代のことだ。通学路にある文房具店で電話を貸してくれる。学校と保護者と店のあいだで、とりきめがあったのだろう。自宅からの伝言を店のおばさんに伝えられることもあった。学級費を渡すのを忘れちゃったから先生に電話しておいたわ、と云うような。

ミッチは自宅に電話をかけている。ほかの同級生たちは、文房具店を素通りして学校へ急ぐ。私立高校を受験した人たちは、たいていその日が合格発表だったから、寄り道などしない。単語カードも新しいノートも、きょうは買う必要がない。わたしはミッチにつきあって、文房具店の軒先にいた。おさきに、という人たちを見送る。

でも、けっきょく、わたしもミッチと別れて学校へ向かうことになった。自宅に電話をしたミッチに、思いがけない知らせがもたらされたのだ。家を出てくるときには元気だったおばあさんが、倒れて救急車にのせられるところだった。ミッチは走って家へもどった。遠ざかるさきで、また転んだ。

わたしは、おなじ高校を受験した人たちとグループになって学校を出発した。ミッチはべつの高校だ。

彼女は文房具店に毛糸編みの手袋を忘れていった。電話をかけるときにはずしたのだ。わたしがそれを預かって、あとでミッチの家を訪ねるつもりだった。でも、どうしたのか思いだせない。おばあさんは、その晩おそくに亡くなった。

わたしは第一希望の高校に合格した。それまでは、あまり親しくしていなかった隣りのクラスの人と、春からはおなじ高校へ通う。合格通知をもらった帰りがけの電車で、住所と電話番号を書いた紙を交換した。

ミッチの結果はどうだっただろう。学校へもどる道の日陰に残った雪が、車のわだちを刻んだままヘビのような細い筋になって凍っているのを見てそう思った。

もう四十年もまえのことだ。詳細に記憶しているわけではない。記憶だと思っていることが正しいともかぎらない。ミッチの進路も思いだせない。


大学進学のときにあの町を離れ、つい最近になってふたたび実家のちかくにもどってきた。定年までまだ少しある教師の職を退いて、趣味でつづけてきた陶芸に専念する。あわせて教室もひらくことにした。

学生のころに、焼きものが縁で母語が英語の夫と知りあい、渡英してしばらくその地で暮らした。子どもはいない。貿易商をなりわいとする夫とともに帰国して英語の教師になった。夫婦そろって、趣味の陶芸もつづけた。

ぬいぐるみ風に、ふっくらと焼いた動物シリーズの評判がいい。釉薬《ゆうやく》で縫い目も描く。

作ったそばから買ってくれる人がいる。みんな英語圏の人たちで、メールで注文を受けつけて発送する。便利な世の中になったものだ。しかも、パッキンを詰めこんで送れば、こわれずにちゃんと届く。破損の割合は、国内と変わらない。

陶芸教室の生徒さんたちは、自分で焼いた器に手料理や菓子を盛りつけて、友だちや孫にふるまいたいと云う。日常の暮らしに追われていたのではかなわない思いつきを、実現できるゆとりを持った人たちだ。

だから毛色の変わったわたしの夫にも、フレンドリーに接してくれる。そうは云っても、おたがいの実際の暮らしぶりなどわからないし、立ちいった話もしない。

だから、「小田さんって、もしかしてあのQちゃんなの?」とたずねられたときは、時間のネジをくるくると勢いよく巻きもどされた気がした。制服のジャンパースカートを着ている錯覚におちいりそうだった。

Qちゃんなんて呼ばれていたのは、そのくらい昔のことなのだ。名前の小田つながりで、そんなあだ名をつけられていた。

はるか昔の、どこか気はずかしい呼び名を口にしたふっくらモチ肌のマダムは、細くて白くて楚々とした日本人形のような顔だちの、でも髪の色だけは染めたようなハシバミ色だった同級生なのだ。レイちゃんと呼んでいた。

ずっと地元に残っているという彼女に、ひとしきり昔の友だちの消息を聞いた。いちばん気になっていたミッチには、もう孫が三人くらいいると云う。

「わたしだって、今年じゅうにおばあちゃんよ。みんな、そういう年なのよ。」レイちゃんが苦笑いする。こんどミッチもお茶に誘ってみるわ、と云い、そう遠くない日にあつまることになった。

レイちゃんが地元マダムに人気の店のランチを予約してくれた。ミッチと会うのは、ほぼ四十年ぶりだ。通学していたころは、行きも帰りも毎日いっしょで、おなじ塾にも通っていたのに、その後はつきあいがなかった。高校に入学したのち、電車のなかで一度だけ会ったのが最後だった。

約束の日、ミッチは少し遅れてやってきた。そういえば、昔も時間ギリギリに来るのがミッチだった。わたしはいつも、先についてやきもきしていた。くせのある濃い黒い髪は健在だ。通訳も世界を旅する人生も実現しなかったと話す口ぶりは、ミッチらしくサバサバしている。

「だってあの日、Qちゃんにかかとを踏まれて転んじゃったもん。あれで、運が逃げたのよ。」

「踏んでないよ。ミッチはよそ見をしていて転んだんだよ。」

「Qちゃんは、わたしが逃した夢をそっくり手にいれてるじゃないの。あの靴のかかとに、運が詰まってたのよ。べつに恨みごとを云ってるんじゃないの。人生ってあんがいそんなものよねっていう話。運命の別れ道には太い橋がかかっているわけじゃない。うっかり見逃してしまうような細い細い道なのよ。娘にはそれを云いそびれたけど、このあいだ生まれた孫には耳にタコができるくらい云ってやるつもり。わたしは白いヘビの話なんてしないわよ。」

とんだ云いがかりだけれど、もしかしてもしかしたら、わたしはあのときミッチのかかとを踏んだかもしれない。

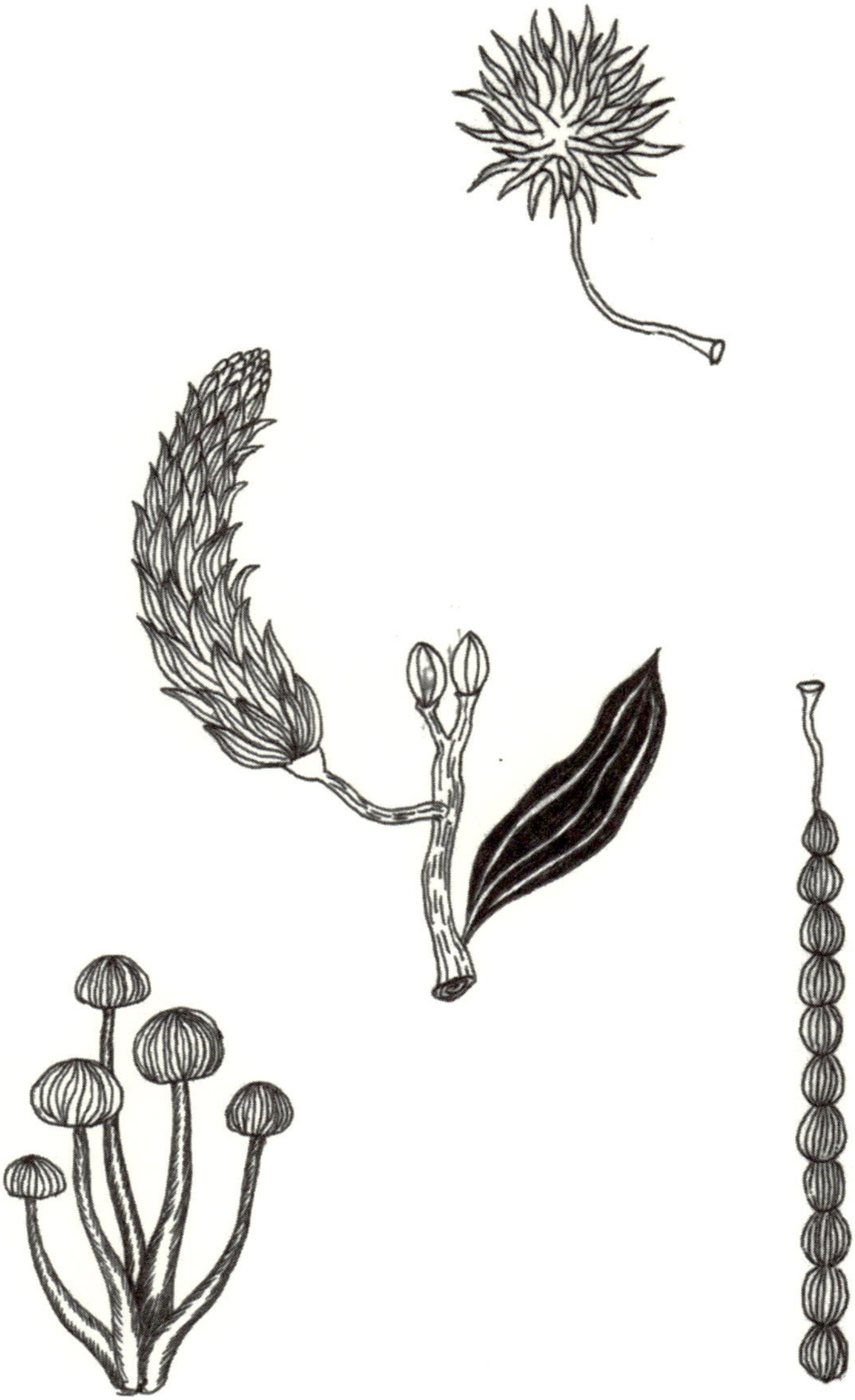

ここだけの話

受験会場の入り口で、知った顔の学生を見つけては「おちついて、いつもどおりに。」と声をかけて送りだす。めぐってくる季節ごとにもう何度これをくりかえしたことか。

ぼくは美術予備校の講師で、美大を目指す学生たちに木炭デッサンの指導をしている。どの芸術分野でもおなじことだが、抜きんでている者は、はじめからだれよりも抜きんでている。講師におさまっている人間などより、ずっと持つべきものを持っている。

才能のある学生にかぎらず、なみの学生でも、美大に入学したら芸を生かす道を夢想する。少なくとも、受験指導の教師になるのはごめんだ、と彼らの心の文字はそう読める。ぼくもかつてはそう思っていた。

本来なら才能のある学生は予備校に来る必要はない——もっと云えば美大で学ぶ必要

もない——のだが、芸をきわめるのではなく絵を売って食べてゆくつもりなら、コネや学歴や権威や肩書は「あったほうがよい」ものとなる。よって美大も存在意義があり、受験予備校も必要とされる。

写実の巧い学生は、美大受験の予備校ではさほどめずらしくない。いわゆる「眼のいい」人間だ。木炭の濃淡だけで描いたガラスの花瓶がガラスに見え、真鍮のゴブレットは真鍮に見える。それが平らなテーブルのうえにちゃんとのっている。

キュビズムの画家たちのように、時間の経過をひとつの画面構成のなかで描こうとしなくともよい。花瓶の底辺と口を、富士山の山麓と山頂ほどの距離におきかえて描く「神の眼」も要らない。受験ではまず、等身大の自分であることだ。

繊細な色彩感覚を持った学生は、木炭一本で百通りの中間色をぬりわけることができる。デッサンの初歩のクラスでは、三十通りくらいの色見本づくりをくりかえし課題にするが、粒子が細かいほど淡い色になるという光の反射にかかわる物理的な鉄則を知らない学生もいて、十通りのヴァリエーションにすらてこずっている。

現役合格できそうな上級クラスの学生たちは、見えるものは見えるとおりに、布と金属のちがいも忠実に描きわける。とはいえ、見たものをぜんぶ描くという意味ではない。

短時間で課題を完成させる受験では、省略の技術はなんとしても必要だ。なにを省き、なにを描くか。それを習得した学生は、講師のぼくとしても安心して試験会場へ送り出せる。学科試験で大失敗をしなければ、合格はまちがいないだろう。桜が咲いて、春がくる。おめでとう。

だが、学生たちにとって順調なのはそこまでだ。云うまでもないが、美大の門をくぐれば、ゴールまでの道が用意されているわけではない。標識もない。磁石もない。まさに手さぐりの日々がつづく。芸で身を立てるつもりはあっても、現実はきびしい。

ナニモノかになるには、大学の四年はあまりにも短い。そのうえ、アートの市場は受験とちがって評価の基準がわかりにくい。技術の高さが、すぐに評価と結びつくわけでもない。

「なんであの絵が?」と思うような作品が、もてはやされることもある。

卒業までに、自分の絵に値をつけて市場に出すことなど、ほとんど不可能だ。経済的な余裕がなければ、いったんは画業をあきらめて別の仕事に就くことになる。あるいは、かつてこの国の多くの芸術家がそうであったように、貧乏暮らしの覚悟をきめる。

しかし、古きよき時代には自分も喰うや喰わずなのに、少しの余裕があれば救いの手をさしのべる友がいた。ぼくのひと世代上までは、町のパン屋で「耳はありますか?」

とたずねれば、「あるよ、」と云って袋にいれたのを気前よくくれる店主もいた。先輩たちから、そんな貧乏話をよく聞いた。

いまは、安価ではあるがパンの耳もれっきとした売りものになっている。あるいは、ご自由にお持ちください、と書き、特定のだれかを救うためではなく、エコの精神で提供される。そのほうがたがいにすっきりするからだ。

夢をあきらめるにも才能がいる。だが、前途を信じている若者たちにそんなことを云うつもりもないし、資格もない。それぞれが経験で学ぶことだ。ただ、ここだけの話として、ぼくが夢を見なくなったエピソードをうちあけておく。

美大は学費も高いので、親からの仕送りに多くを期待できない。いっぽう、課題に追われてアルバイトをする時間もかぎられる。そんなときに、絵を描く仕事が舞いこんできた。うさんくさいと怪しみつつも、高価でなかなか手の出ない毒物系の絵の具が買える、と思った。

依頼人は郊外の高台の林のなかにある、ひっそりとした大きな家に住んでいた。肖像画を描いてほしいとのことだった。八十歳を過ぎたようすの老夫婦が、重厚だが時が止まったような古めかしい居間で待っていた。

彼らの肖像を描くのだろうと思いきや、一枚の古い写真が取りだされた。五十年前に撮影したものだと云う。七五三詣の被布《ひふ》を着た三歳くらいの女の子だ。

つぎに仕立てあがりの振り袖を見せられた。あでやかな総絞りの二十歳の晴れ着である。

「この子がこの振り袖を着たところを、描いてほしいのです。」

老主人はそう云った。

「……お孫さんですか？」

そのときは、ばかなことを訊いたという自覚はなかった。ただ、計算を合わせようとしただけだ。五十年前の被布姿の女の子は、五十歳をとうに過ぎているはずで、二十歳の晴れ着をまとう娘がいてもおかしくない。

「娘は五つで亡くなりました。」

古い写真を見せられたとき、実はうっすらとそんな気はしていた。老主人がつづける。

「わたくしどもは、この子が生まれたおりに七五三の祝い着をそろえ、二十歳の晴れ着の生地も買いもとめたのです。二十年後には、腕のよい職人がいなくなるだろうと、そんな気がしたのです。伝統技術の後継者不足は深刻ですから。」

依頼の内容は、三歳の女の子が二十歳に育ったところを想像して肖像画を描く、というものだった。それならば美術年鑑に号いくら、と掲載されている画家がいくらでもいるだろうに、報酬をけちる暮らしでもなさそうな依頼人が、なぜ一介の画学生に声をかけたのか、わけがわからなかった。

「あなたはとても誠実な絵をお描きになるかただと、箱崎さんがおっしゃっていました。」

箱崎とは、ぼくの予備校時代の講師で、この仕事を紹介した人物だ。誠実とは云いようで、まじめなだけで洒落も味もないというのが、当時のぼくの絵にたいする評価だった。それを悩んでもいたが、ありのままを写実するという以外の絵が、どうしても描けなかった。殻を破ろうとしても、陳腐でまぬけな過ちをおかすだけで、いままでどおりに描くほうがまだまし、という結果になる。そのくりかえしだった。

「実を申しますと、二十歳の肖像だけではなく、五歳で亡くなった娘が成人するまでの誕生日ごとの姿を描いてほしいのです。記念写真のように。手もとにあるのは五歳の写真が最後です。名のあるかたに頼めば、わたくしどもの予算を超えてしまいます。ですから、若いかたにお願いしようと思うのです。それに、」

「……それに?」

「ああ、いいえ、なんでもないのです。これはたぶんよけいなことですので、云わずにおきます。お忘れください。」

ほのめかすだけで、詳しくは語らず「お引き受けいただけましたらさいわいです。」

などと云う。

貧乏学生にとって、提示された報酬は魅惑的だった。ぜいたくさえしなければ、卒業までは、仕送りのほかにアルバイトをしなくてもこづかいに不自由しないだろうと思われるくらいなのだ。だから、断れなかった。

この世に存在しない人物の肖像を描くという誘惑にも負けた。腕を試したいという気持ちもあった。霊的な現象や体験とは無縁で、魂をゆさぶられるとは、少しも思わなかった。そういう感覚への恐怖心もなかった。

オスカー・ワイルド的な幻想趣味も持ちあわせず、自分が手がけた彫刻に命を吹きこむことを望んだピュグマリオンの心境になる危惧もいだいていなかった。ただ、ほんの少しの好奇心と、報酬に惹かれてのことだった。

はじめてすぐに後悔した。ぼくはあるがままを描くことしかできない人間なのだ。幼子の写真も着物も、ぼくにはただの紙であり布でしかなかった。素材の質感を描く以上の絵にならない。自分の画力を過信していた。見えないものは描けなかった。存在しないものを描く想像力が欠落した人間だったのだ。

その事態に直面するまで自覚はなかった。子どものころから絵がうまいと云われ——それは身内や、たいした眼識のない学級担任といったごく狭い範囲でのことだった——芸術の才能に恵まれていると勘ちがいして美大に進学した。見えると信じたものしか描けない、誠実ではあるかもしれないが、破綻も狂いもないつまらない人間だったのだ。

同級のAに、この仕事を丸投げした。それほど親しくしていたわけではないが、絵の巧さでは、研究室でも随一だった。ぼくが受け取るはずの報酬の九割で話をつけた。親請けとしては良心的な支払いだ。金銭面でぼくより窮乏していたAは、よろこんで引きうけた。

Aには見えないものを描く才能があった。いや、見えないものを見る才能があったのだ。もともと既製の絵の具に飽き足らず、自分で採取した鉱物や貝や土を砕いて粉にして油脂をまぜてオリジナルの絵の具をつくるような男だった。

アパートにこもったAは、幼子を成長させる絵に取りくんだ。夢中になり、授業は休みがちになった。はじめのうちは、できあがるごとにぼくにも見せてくれた。差し入れを持って訪ね、絵の進み具合をたしかめた。作業が順調であることに胸をなでおろすいっぽうで、彼の表現力に圧倒されもした。

幼い女の子は、少しずつ成長していった。十三、四歳になるころ、Ａはアパートのドア越しにしか、ぼくの訪問を受けいれてくれなくなった。気が散るので、できあがるまで訪ねてこないでほしいとも云われた。ぼくはその通りにした。依頼人には順調に進んでいると伝えた。引き渡しの日取りもきめた。先方は、大安の日を選んだ。

期日を伝えるために、ひさしぶりにＡのアパートを訪ねた。順調であれば、十七、八歳の娘ざかりの絵を描いているころだ。しかし、ドアをノックしても返事がない。もとから即座に応答する男ではないが、その日はまるで反応がなかった。気配もない。

彼は一階の住人なので、庭に面した窓側にまわった。曇りガラスになっていてなかはよく見えなかった。鍵がかかっていないのをさいわい、ぼくは窓ごしに部屋のなかをのぞいて息を吞んだ。

あでやかな着物姿の若い女がひとりたたずんでいる。——そう思った。部屋が暗がりになっていたので、そんな錯覚をしたのだ。Ａは等身大の肖像画を描いていたのだ。女は、いまにも何かしゃべりだしそうなほど、生き生きとしていた。

Ａは留守だった。肖像画のできあがりのメドがついて安心し、息ぬきに外出しているのだろうと、ぼくはそのくらいにしか思わなかった。

約束の日、大型のワンボックスカーをレンタカーショップで借りてＡのアパートへ向かった。途中で交通規制に出喰わした。あたりは騒然となっていた。サイレンが響きわたり、消防車が列をなしていた。

Aのアパートが焼けたのだ。全焼だった。現場には近づけなかった。ぼくはAを捜したが、やじ馬や消火活動をする人々でごった返し、見つけられなかった。

後日、Aの部屋から死体が見つかった。彼ではなく、身元不明の若い女だった。Aはそれきり消息を絶ち、いまもどこにいるのかわからない。

スモモモモモ

桃の花の季節に、どうしたものか無性に桃が食べたくなる。花のあとに葉が茂り、かぐわしくもみずみずしい果実が実るのはまだずっと先なのに、待ちきれない。

だから桃の缶詰を買ってくる。こたつで温もりながら、冷たい果実を味わう。このデタラメな感じがたまらない。黄桃と白桃の、いずれを選ぶかで迷う。店の商品棚にネクタリンの缶詰までがならんでいれば、なおさら迷いは深くなる。

「それなら、ミックスにしなさい。」と気の短い姉の声が聞こえてきそうだ。……もういないのに。

姉のものであった雛《ひな》人形を、この春も飾った。母方の祖母が健在だったころに初の孫娘として生まれた姉は、親族のだれよりも豪華な――まるで御大家の令嬢のようなあつらえの――雛人形の持ちぬしだった。新品ではなく、ボケていた祖母が蔵にあったものを寄こしたのだが。

小さな椀や酒器の、うるしあげの黒地に、貝殻のかけらをちりばめてある。それが、ガラス障子ごしの薄日をうけてまたたいている。いつしか、ぼくのまなうらで銀河のような渦をつくった。

ほんとうは何億光年もかなたにある星が、ここから見えるということの、途方もない大きさを、ふだんは考えてもみない。

それをぼくに気づかせてくれたのは、義兄《あに》だった。ぼくと姉は、一時期カヌーに熱中していて、好みの流れをもとめて山の中を歩きまわることがあった。その道中で、義兄と知りあった。

足もとばかりに気をとられていたとき、「上をごらん。手がとどきそうだ」と義兄がつぶやいた。

日常とはちがう場所で、思いがけず共感できる人物に出逢うと、人は急接近するものだ。つぎに逢う日時をきめて別れ、以後もそれをくりかえした。

高所作業の技術者である義兄は、天体と気象のことにくわしい。山間部の鉄塔をつなぐ送電ケーブルや橋梁のケーブルを架けかえる仕事をしている。

義兄と知りあうまで、そうした場所で生身の人間が作業をしていることなど、考えてもみなかった。自動制御の機械で行われるのだと思っていた。実際は義兄のような恐れ知らずの人たちがロープで宙づりになり、体をはって保守点検しているのだ。

孤絶した作業に慣れた人らしく寡黙で、語らうときは、しばしば浸透水の一滴を待つような心地すらするのだが、義兄の口からもれてくる山背《やませ》や白南風《しらはえ》ということばは、魅惑的だった。

そんな義兄の気晴らしは、カヌーよりも渓流釣りであったのだが、目指す方角はだいたいおなじで、休暇の行き先をきめるのに姉と対立することはなかった。ふたりは二年ほどつきあったのち、夫婦になった。

飛んだり跳ねたりが好きな、生来のアウトドア派であった姉は、人形遊びやママゴトになどまるで見向きもしない少女時代をすごしたが、料理やそうじがきらいなわけではなかった。絶品の里芋の煮ものをこしらえ、編みものにも凝る家庭的な面もあったのだ。

母は子育てをふりかえって、「二刀流を駆使したのよ。」と自慢する。

春生まれとわかったときから、「桃」の字をつかう名前をつけようと、両親は話しあっていた。女の子なら桃で、男の子なら桃太郎にするときめていた。

さらに、のちのち姉妹か兄弟が生まれたら、夏生まれでも秋生まれでも、杏や李《すもも》にちなんだ名にするつもりだった。ところが双子だと判明したので、少し予定を変更した。ぼくは、李生《りお》という名だ。

桃や杏やアーモンドは、そろってピンク色の花をつける。李は白い花だ。「スモモモモモモモモノウチ」というほどに、李と桃は似ていない。でも、まるでちがうわけでもない。

ぼくと姉も、おなじ日におなじ親から生まれた双子にしては似ていなかったが、李と桃くらいにはまぎらわしかった。

子どものころ、雛人形に近づきたがるのは、もっぱらぼくのほうだった。フラワーショップに桃の花がならび、デパートのスイーツ売り場で数々のピンクの雛菓子が競いあうのを目にしても、姉の意識が雛人形に向くことはなかった。

そわそわするのはいつも母だけで、節分をすぎれば早くも雛人形を飾りつけた。箱にしまったままでは婚期を逃し、逆に三月三日をすぎていつまでも飾ったままでは行きおくれる。そんな俚諺《りげん》を、母が気にかけていたとも思えないのに。

バースデイプレゼントには、ピンクの花や菓子などの、華やかで愛らしいものがあつまってくる。

だが、姉はピンク色を好まなかった。女の子の色ときめつけられることへの反発だった。レースやリボンやフリルの飾りも、よろこばない。みなが、姉のためにと思いこんで贈るものの大半を拒み、テリトリーの外においた。

それらは、なりゆきでぼくのものとなった。ぼくがみずから望んだわけではないが、拒みもしなかったので、母は捨てるにしのびないものを活用したのだ。

結果的に、ぼくはピンク色や花柄やフリルの服を好むようになったのだが、子どものころは女装をしている意識も不都合もなかった。服装に男女のべつがあるとも思わなかった。おしきせの制服やカバンですごした幼稚園時代まで、なにも問題はなかったのだ。

事態がはじめて表面化したのは、小学校の入学準備でランドセルを選ぶときだった。ぼくは、当然のようにピンク色を望んだ。それにたいして、両親は困惑の表情を浮かべた。

頭ごなしの否定はしなかった。だが同意もしない。「長くつかうものだから、飽きのこない色を選ぶものよ。」と遠まわしながらも、ぼくがピンク色以外の色を選ぶように誘導するのだった。

その圧力を感じつつ、ぼくはピンク色のランドセルを手放さなかった。売り場での静かなせめぎあいがつづいた。

「どうせ、一年生はハデハデの黄色の交通安全カバーをかけるのよ。ピンク色だって黒だって、おなじことよ。わたしは黒いランドセルにしてラメ入りの花のシールをはるわ。そのほうがシックだもの。」

姉はさっさと会計へ向かう。ランドセル選びのあとは、スポーツシューズの売り場へいくことになっていた。姉の目的はそこにある。ランドセルなど、黒でも赤でも、おそらくはピンクでもかまわなかったのだ。姉にとって、心地よく動きまわるための足もとのほうが重要だった。

それにもちろん、弟を誘導する手口にかけて、家族のだれより勝っているのは姉だ。ぼくは黒地に映える花の図に心をうばわれ、それを思いついた姉にも敬意をあらわして黒にきめた。両親のほっとした顔を、いまでも思いだす。

顔が映るくらいの艶めいた黒で、「エレガントね。」と云う姉の暗示にもかかり、花のシールを貼ることもなかった。無粋な黄色のカバーをかぶせるのが呪わしかった。

姉の成長につれて、大げさな雛人形は母の重荷になっていった。雛壇を組みたてるのをおっくうがり、場所もふさがるというので、いつしか男雛女雛だけを「とりあえず」飾るようになった。

結婚して実家を出るさい、姉はほかの不要なものといっしょになんの未練もなさそうに、雛人形を置きざりにしていった。というより、存在することすら忘れているようだった。

雛人形は持ちぬしの健やかな成長を祈願して、初節句に贈られる。だから姉の手もとにあるべきだと考えたぼくは、おせっかいだと思いつつも、姉夫婦の新居を訪ねるさいに手みやげといっしょにそれを持っていった。

とはいえ、夫婦の新居に雛壇をしたてる余裕がないのは、あきらかだったから、官女や家臣をふくめて総勢十五名にもなる大所帯の一式を運びこむことはしなかった。男雛女雛と屏風とぼんぼりを包んでとどけた。

姉は渋い顔をしたが、義兄は室内が華やぐと、よろこんでくれた。男ばかりの三人兄弟の家で育った義兄にとって、雛人形はめったにないめずらしいものだったのだ。

「わたしだって、初対面のようなものよ。」

姉が云う。そのとおりで、姉は官女の人数さえ知らずにいたかもしれない。人形の飾りつけはぼくがひきうけた。

姉はソファでくつろぎ、桃カステラを食べている。桃をかたどったカステラに、砂糖と水あめのフォンダンをあしらってしあげたものだ。生地の卵色と、雪化粧したようなフォンダンの白との対比がおもしろい。

イチゴや栗の菓子は、たいしてよろこばない姉なのに、こってりと甘い桃カステラだけは、なぜだか好きなのだ。はんぱなことがキライな姉は、このあきれるほどの甘さを思いきりのよいものと認めたのかもしれない。

だが、共感と嗜好はべつだ。甘党ではない姉はひと口だけ桃カステラを味わって、あとはぼくに引きうけさせる。


桃カステラの味を、姉に伝えたのは義兄だった。姉と交際をはじめたころ、たまたま雛人形を飾る季節にわが家を訪れたことがある。出張していた長崎からの帰途で、ご当地品の桃カステラを手みやげにしてくれたのだった。

そのころ、わが家ではもはや雛人形の飾りつけをしなくなっていた。姉がとっくに二十歳をすぎていたのだから当然だ。

母と姉が義兄をもてなすあいだに、別室でこっそりぼくが雛人形をならべ、義兄が贈ってくれた桃の花を挿《い》けた。さらに桃カステラをそなえて、義兄に披露した。


今年の雛祭りにも、義兄は桃カステラを用意してくれた。ただ、それを心のそこからよろこんだであろう姉は、もういない。ぼくは桃カステラを小皿にのせて、姉の定位置だったソファのかたわらの小テーブルにおいた。

去年の早春、姉は命を落とした。渓流下りに向かう雪道で、不運にもスリップ事故に巻きこまれたのだった。運転していた義兄は軽い骨折ですみ、怪我の回復を待って職場に復帰した。

以前とおなじように、鉄塔や橋梁での作業に出かけてゆく。現場の仕事がつづくあいだは長く家をあける。

ぼくは姉にかわって留守番をし、飼い犬のルル——子犬のころに同名のカゼ薬の空きびんで遊ぶのが好きだったから、と姉がこの名前をつけた——の世話をしつつ、義兄の好きな里芋を煮て待っている。

近所の人たちとは、それほど深いつきあいがなかったので、姉の突然の死は伝えなかった。だからいま、ぼくが姉にかわってこの家にいることなど、まだだれも気づかない。それればかりか、義兄もぼくを姉だと思っている。姉の死を受けいれることができず、事故で死んだのは、車酔いをする姉と席をかわって助手席に乗っていた弟のぼくだと思いこんでいる。周囲にもそう話す。

ぼくも両親も、義兄の主治医からの要請で、いまは義兄の意識にあわせて暮らしている。幸いなのは、だれにとってもそれで不都合がないことだ。

春をいただきます！

潔癖症を自負する体質に、がんじがらめになっている人間にはめずらしくないことだが、ハルヒコは自分の意にそぐわないものや、見苦しいと感じるものを、いちいち身のまわりから遠ざけずにはいられない人間だった。

だから、まともな人こそ彼を敬遠する。彼が最初に追いだされたのは実家だった。家のなかのこまごましたことに「小うるさく」口をだす息子に閉口した母親は、大学生になった彼を円満に追放した。

ピンクのバラや天使の浮彫でごてごてと飾りたてたロココ風の花瓶や卓上ランプといったデコラティヴなものを家じゅうにならべて、息子が居心地悪くなるようにしたのだ。さらにクリームとバターと肉の脂でくたくたに煮た料理ばかりを食卓にならべた。これはもう、母親の思うツボだった。

ハルヒコは独立し、自活をはじめた。ナチュラリストにして潔癖症の彼は、自分が口にするものは自分で作る料理好きで、そうじや洗濯も苦にならなかった。

不自由したのは、その体質ゆえに働き口がかぎられる彼の生活費を工面することであったが、破れ鍋にとじ蓋というのか、彼のような家事男を必要とする仕事女の家に居つくというライフスタイルで、大学卒業以来の日々をどうにか暮らしていた。

彼のように社会性を持たず社交性もなさそうな若者が、バリバリ働く仕事女とどこで出逢うのか、人は不思議に思うかもしれない。

一時的に話は遠くなるが、そのカラクリを解説してみよう。仕事女は年齢にかかわらず、ネイルサロンにはまりがちだ。ストレートネックだのドライアイだの、重篤《じゅうとく》ではないが慢性的疲労のもとであるそれらの症状をかかえこみ、ココロとカラダのリラックスのためにエステに通いたいのはやまやまだが暇がない。

そんな彼女たちが、日常的にできるプチリラックスのグルーミングが、仕事帰りのネイルサロンなのだ。そこでは、適度な会話が成立し、自分より若いネイルアーティストから若い子ネタを伝授され、ついでに「〇〇通りにあるダイニングバーは女ひとりでもはいりやすくて、リーズナブルなうえにおいしいんですよ」などという情報も得る。

仕事女は行動的でためらいがない。思いたったが吉日とばかり、ネイルサロンの帰りがけにさっそくオススメのダイニングバーへ行ってみる。すると、夜行性草食系男子であるハルヒコがそこのカウンターでアルバイトをしていた、という図式なのだ。

気のきいた料理をつくるダイニングバーのオーナーシェフが、シンクをぴかぴかに磨きたてる「きれい好き」であることは、想像しやすい。彼らのフィジカルな好みにはいろいろあるだろうが、かなりの確率で女より男という場合が多い。だからこそ、女ひとりでもはいりやすい店になる。

仕事女の年齢はさまざまだった。ハルヒコは二十代なかばだったが、自分を若者だとは意識していなかった。むしろ、枯れていると感じていたくらいだ。欲より生活が優先した。だれかとのスキンシップより、器《うつわ》えらびに熱中するほうだった。

家のなかを好き勝手に片づける自由さえあれば、二十歳くらいの年齢差は気にならず、若づくりの仕事女なら五十代でもかまわなかった。好みのタイプもとくに定まっていない。梅でも松でも竹でも、誘われるままについてゆく、いいかげんなところもあった。

その点での彼は潔癖でもなんでもなかったのであるが、それは潔癖症を主張する人によくあることで、傍《はた》からながめれば矛盾だらけなのだ。

ハルヒコがひとりの仕事女の家に長くとどまることは、あまりなかった。彼女たちは、それぞれ時間に追われて家事をする暇などなかったものの、それなりの方針は持っていて、ハルヒコのあまりにも偏った整理整頓ぶりと衝突するのだ。

たとえば、どの調味料をどこに置くかといったささいな問題も、それこそ一日に何度もくりかえすことだけに、いかに家事をする気のない仕事女でも譲歩できなくなる。

「もうきみとは暮らせないから出ていって。」と云われれば、即座に手荷物をまとめるのがいつものパターンで、彼もなれていた。

家事労働で奉仕するほかに安定した収入源のない彼は、たくわえも乏しく、家主から退去命令が出れば即座に無宿無一文となるのだが、世の中は捨てる神があれば拾う神もあるもので、たいていは野宿の憂き目にあうことなくつぎの住《す》み処《か》が見つかるのだった。

エプロン姿がさまになるメガネ男子の需要は、あんがい多い。なにしろ、見かけの甲乙によらずほとんどの男が肉食系だった世代の女も、ハルヒコを拾うのだ。

ハルヒコの一日は世間の多数派の感覚では、どうでもよいような悩みと大まじめに向きあうことではじまり、その日のうちに片づけばまだしも、数日にわたって問題をかかえこむ場合もあった。

キッチンやバスルームでつかうさまざまな洗剤のパッケージが、用途やメーカーべつにふぞろいで、しかも色とりどりのてんでバラバラであることに、ハルヒコはがまんがならなかった。

そうした日用品は戸棚や流し台の下にしまっておけば、通常は目につかない。ふつうの神経の持ち主ならば、視界に入らないものは存在すら忘れてしまうが、ハルヒコはそれらの容器がたとえ戸棚のなかにしまわれていても、フラッシュバックによってわずらわされ、そろいの容器に詰めかえずにはいられなかった。

中身が見える透明の容器がえらばれた。しかも彼は無色かナチュラルカラーの洗剤を好む傾向にあったので、どれもおなじような白い粉であるか、うっすらと着色されただけの透明な液体で、目視では見分けにくい。

一応は、彼の手書きによるラベルを貼ってある。だからそれらが順番どおりにならんでいれば——当然、ならび順にはきまりがある——目をつぶっていても手にとれた。

そもそも、ラベルはローマ字筆記体で書きこんであり、近眼の彼には自分の字であっても読めないものだった。

もちろん、同居人にも判読できず、おまけにそんなことでロスする時間をなにより惜しむ体質の女だ。たちまち諍《いさか》いとなり、拾われた晩に捨てられることもあった。短気な仕事女の場合、数秒で決断をくだしてしまうのである。

彼のいまの同居人は証券会社勤務の理奈で、モーレツにはたらいてたっぷり稼ぐ人物だ。

理奈は家のことにまるでかまわないいっぽうで、維持管理のための費用はいとわなかったから、ハルヒコは室内を好き放題にアレンジする楽しみを味わっていた。

居ついて三日目には、あらゆる容器がハルヒコ好みに統一されていたが、理奈は数字に強い仕事人間らしく記憶力にすぐれ、ゲームもパズルも得意で、ヤマ勘にも恵まれている。その特技を生活面でも生かし、ツワモノぶりを発揮した。

彼女は容器を手にしただけで内容《ブツ》を察する超人的な感覚を持っているのだった。だから、砂糖と塩をつかいまちがうトラブルも起こらなかった。

ハルヒコが理奈の家に居ついてひと月ほど経過したころ、事件は起こった。理奈が妊娠中であることがあきらかになったのだ。目立たないがすでに十五週目になっていた。だから、ハルヒコの子どもではない。さあ、どうする、という判断をくだすのは理奈だった。

数日悩んだすえ、彼女は母親になる道を選んだ。いきがかりで、ハルヒコもしばらくつきあうことになった。家事担当として、母子の健康に気をつかい、図書館で本を借りてきて妊婦に必要な栄養バランスに配慮した食事をつくった。そのいっぽうで、実際の父親でない彼の父性は少しも目ざめなかった。

彼は赤ん坊が苦手だった。ミルクの匂いがもともと好きではない。おむつを替えるのも、さわるのも、洗うのもできないだろうという気がした。まして、彼の子どもではない。

だから、ハルヒコはどうにかして赤ん坊が誕生するよりさきに姿をくらまそうと計画してはいたが、産休まえでも目いっぱいはたらく理奈の奮闘ぶりを見せつけられては、あっさり逃げるのも道義的にどうかと思われるのだった。

草食系のやさしさというのか、優柔不断というのか、決断したがらない性質のゆえだった。

彼はいつのまにかマタニティ食づくりにも長じた。母子ともに経過は順調だった。予定日までひと月半というところで、理奈は産休にはいった。

赤ん坊は桜の季節に誕生した。理奈の実家は関西地方でクリーニング店を営んでいる。人々が冬もののコートを脱ぐ衣がえの季節はかきいれどきである。手伝いにゆくのは無理、と母親に云いわたされた理奈を、ハルヒコまで見放すわけにゆかず、結局、出産したのちも彼は理奈のもとにいた。

赤ん坊は無敵だ。なにごとにも遠慮がない。ハルヒコの毎日は予期しないパニックの連続である。本人にとっては悲劇なのだが、客観的に見ればコメディだった。彼のまわりでは、笑い声が絶えなかった。

生まれたてホヤホヤのピュアな存在は、ハルヒコの潔癖症なるものが、そもそも妄想と錯覚の産物でしかないことを鮮明にした。そのぐらい、世間は百も承知だったが、彼はいまさら認識したのだ。

生きている以上は、雑菌との同居は避けられない。どんなに「きれい好き」を主張しようとも、生まれたての存在の無垢に比べれば、おとなはだれしも途方もなく「汚い」ことを自覚せざるを得ない。

そのくせ、理由もなくミルクを吐き、おむつを汚し、よだれを垂らす赤ん坊の存在は、ハルヒコを悩ませつづけた。清潔さを保つために、彼自身は汚物にまみれなければならず、時間をかけた洗浄と煮沸と乾燥が不可欠だ。しかも赤ん坊自体は免疫にまもられていて、彼のはたらきぶりなど必要としていない。泣いて泣いて泣き叫んで、ひたすら要求するのみだ。ほとんどハルヒコの独り相撲だった。

それでも、感謝をささげる人間もいる。理奈は「ハルちゃんがいれば、あ〜んしん。」と云って、信頼しきった表情を浮かべる。それはまた、いままでハルヒコが得たことのない代価でもあった。自分にもあたえるものがあるという確信を、彼は生まれてはじめて持った。

ある晩、理奈が「ねえねえ、ひとこと云ってもいい？」と問う。彼女は赤ん坊の世話でくたびれはてた一日の終わりに、ハルヒコの手料理を味わおうとしているところだった。だれしも、ならんでいるごちそうへの賛辞を、あらためて口にする場面だと思うだろう。ハルヒコもそのつもりでいた。うぬぼれというよりは、ささやかでもねぎらいが欲しくて。

理奈はなにか企んでいる顔である。やがて笑みを浮かべた。

「春をいただきます！」

それは、求婚だった。ハルヒコは勢いに気おされ、つい承知した。

最後尾はコチラです

街中で、どこが先頭かもわからないほど長い行列を目にしても、おおかたの人は立ち止まらずに、首をかしげて、あるいは疑わしそうなまなざしで通りすぎてゆく。

こっけいなのは、「なんの行列ですか？」と問われて明確に答えられない者までがならんでいることだ。秋山もそのひとりだった。ついいましがた、質問者に「シベリアです。」と出まかせを答えたばかりである。

正直に「さあ、わかりません。」と云ったのでは、おそらく相手はムッとする。ならば、でたらめでも、なにかしらの回答があったほうがよい。さらには正確さよりも、具体的であることが重要だ。

げんに、さきほどの質問者は「はあ、なるほど。」とつぶやいて立ち去った。いまごろは〈シベリア〉がなにかを、新たに悩みながら歩いているかもしれないし、もう行列のことなど忘れてどこかの店でランチメニューに気をとられているかもしれない。

秋山も十分まえには質問者だった。相手は「平和ですよ。」と教えてくれた。行列にそってしばらく歩いたのちのことで、もはやどの人物に声をかけたのかもおぼえていない。〈平和〉の意味もわからない。ブランド名なのかもしれないし、なにかの省略語かもしれない。

宝くじを買う行列ならば、だれもが納得する。○○屋のバーゲンセールや、娯楽施設の新装オープンもわかりやすい。話題の映画を観ようとして長蛇の列をつくる人たちもいる。

ところが「平和です。」だの「シベリアです。」だのでは、すぐさま判断をくだせない。秋山の場合は、とりあえず列にならんでみることにしたのだ。先を急ぐわけでもなく、予定もなかった。ならぶのも苦にならない。先頭に近づけば、いずれ状況がわかるだろうと思った。

連休のさなかで、街はにぎわっている。時間を追うごとに通行人もふえ、行列も伸びてゆく。秋山のうしろは、だいぶ長くなった。いっぽう、先頭はなかなか見えてこない。そのわりに、行列の人々はおとなしい。これが仕事であるかのように落ちつきはらって、手もとのモバイルでゲームに興じている者もいる。

行列の代行も、れっきとした収入源だ。それならば、求職中の者よりはるかに恵まれている。きょうの秋山には仕事がなく、財布はわびしい。預貯金も使いはたし、家族も仲間もいない。知りあいと云えば臨時雇いの斡旋屋ばかり。ひまつぶし以上の趣味や才能もなく、容姿もすぐれない。そのうちのどれかひとつでも満たされていれば、〈平和〉や〈シベリア〉のために行列しようとは思わないだろう。ふたつならべると、うさん臭さも倍増する。

秋山がならびはじめてから三十分ほどすぎた。いまだに先頭でなにが待ちうけているのかわからない。これがもしもブラックな夢なら、どこかの屋上から飛び降りるのを待つ列であったり、猛獣のエサとして檻に放りこまれる見世物の出番待ちの列であったりするのだろう。しかも、足枷《あしかせ》やくびきのようなものをつけられ、逃げだせない。

さいわいに、秋山はまだ自由の身だった。いつでも列をはなれて、歩きはじめることができる。だが、行くあてはない。日の出直後の十数分だけわずかに日のあたる、モグラの棲み家かと思える部屋には、毎晩寝に帰るだけだ。そこにあるのは不用品と湿気だけ。もはや、まともな布団もない。それでも、立ち退きを迫られる恐れはない。朽ちかけた古家だが、かろうじて自分の持家なのだ。

秋山の父が三十数年まえに買った家である。その当時、すでに古家だった。東京と隣県のへりを流れる川にそって浸食谷がトナカイの角のような地形をつくっている。その谷面に、コケ類かキノコのようにへばりついて建っていた。

玄関は二階にある。地形の都合でそんなふうになっているのだ。一階は谷底にもぐり、周辺の道路へアクセスするさいは、曲がりくねった急勾配の階段をのぼりおりしなければならなかった。

二階の玄関は道路に面していた。そう云うと、ふつうは戸口が道に平行していることを指すが、秋山家は道が「くの字」に折れる角地にあった。尾根筋から坂をくだってくれば、道なりにたどりつく。戸口をあけておくと、坂の上で転がしたボールがころころと玄関のなかへ入りこむ家だった。

自転車や通行人が勢いあまって飛びこんでくることはしょっちゅうで、何度かは車にも突っこまれた。家人が留守なのに、救急車が呼ばれることもあった。家の者は出入りに玄関を使わなかった——危険すぎて使えなかったと云うべきだろう——ので、事故に巻きこまれることもなかった。

「ここは昔、行き倒れの墓場だったんだ。」

回覧板を持ってくる土地の古老が、父にそんな話をした。当時の秋山はまだ幼かったが、古老の軽妙な語り口は記憶に残っている。

「街道が近いからね、この谷のまわりの神社には、こっそり寝泊りするよそ者が絶えず入りこむんだ。病にたおれて力つきる旅人もいた。そういう者はたいてい身よりがない。名前がわかればいいほうだ。ホトケさんの供養をしてやりたくても、村人も貧しかった。だから、神域のはずれの崖っぷちへ運んで、ようく拝んで寝かせておく。すると、ケモノが肉を喰い、おこぼれを鳥がついばみ、骨になれば風に吹かれて少しずつ坂をくだり、いつしか谷へころげ落ちるって寸法だ。こういう地形のところは、どこでもたいていオチクボだのシシタニだのトリベだのカミヤだのって呼び名があるよ。どれも死者や墓を連想させるだろう？　ここは泥沼だったから、昔は深泥野《みどろの》と呼んでいたんだ。土地柄がわかろうってものさ。不動産屋が〈緑が丘〉やら〈グリーンプレイス〉やらに呼びかえても、土地の来歴は消えないよ。ミドリじゃない。ミドロだ。掘れば骨がでるさ。」

古老は笑い飛ばし、そんな土地を買って笑いごとではないはずの父までが、いっしょになって面白がった。

「それじゃ、でてきた骨を印材にして、開運印として売りにだしますか。」

などと冗談まで飛ばした――もしかしたら、実際にやってのけたかもしれない――。

地味な風貌のおとなしい男だったが、仕事がらみでは大胆だったのだ。

動物の角や牙を印材にして文字を彫るのをなりわいにしていた。実用品でありながら開運だの縁起だのがからむ、ややこしい世界だ。みそぎをして白衣をまとい、結界をはって彫りはじめる名人もいた。そうした儀式的なふるまいを疑っていた秋山の父は、改刻をもっぱらとする道を選んだ。すでに彫ってある印章を削って、あたらしく彫りなおすのである。

二度、三度と彫りなおす女がいたらしい。いっしょに暮らす男がかわるたびに改刻するのだ。父と古老は、以下のような話もした。

「その女は、天然木のばかばかしいかたちをしたケースに印鑑を入れていましたよ。持ち重りのするものでした。こんな昼間には云いにくいけれども、たいそうもったいぶって袱紗《ふくさ》にくるんでありましたっけ。」

「御物というわけですな。」

ふくみ笑いの意味は、当時の秋山にはわからなかった。

そんな客が人目を忍んで訪れるのだから、目立つ家では困るのだ。谷底へ沈んだような家こそふさわしい。秋山の父が稼ぐ手間賃は安いものだったが、依頼人によっては、たっぷり祝儀をはずんでくれる。それでどうにか暮らしていた。

午前中だけ日の当たる二階上の干し場——使わない玄関につづく茶の間と奥の台所の

屋根に取りつけてあった——には、いつも秋山の母親がいた。洗濯ものを干して、そのあとしばらく一服しながら新聞を読みふける。あるとき、彼女は折り込みちらしをつかんでサンダルばきのまま駆けだし、坂道をのぼっていった。秋山はその後ろ姿を見送った記憶がある。母はそのまま帰ってこなかった。

だいぶあとになって、母がいつも突っかけていた黄色いサンダルとおなじものを、彼は隣町の幹線道路ぞいの草むらで見つけたが、それが母のものだという確信は持てなかった。めずらしくもない安物だったからだ。

秋山の父が彫った印鑑で、依頼人たちは儲けたり女運に恵まれたりしたらしいが、本人はそのどちらの恩恵も得ないまま細々と暮らして死んでいった。道楽とは無縁で、酒飲みでもなかった。こってりした羊羹をカステラではさんだものが好物だった。父はそれを〈シベリア〉と呼んでいた。菓子パン屋というものがあって、そこで売っていたのだ。

秋山は家業をつがなかった。「これは一代かぎりの仕事だ。なにか手堅い職につけ」と父は云い、道具にさわらせもしなかった。高校を卒業したのち、学習塾の事務員になり、谷底を離れてひとり暮らしをはじめた。

事業の拡大に成功した塾の経営者は印鑑のおかげで運が向いたと信じている。その縁で秋山を雇ってくれたのだった。

経営者一家は邸宅で暮らしていたが、ミッション系の大学に通うひとり娘には盗癖があった。自分の母親のものも盗む。だが、発覚はしない。秋山の実家の三倍はありそうなクローゼットから何着かの服が消えたところでわかるはずもない。宝石類は、買ってやるそばからダンナが持ちだしてイミテーションとすりかえていた。ホンモノはもっと値打ちのある女に贈っていたのだ。それを知る娘は、宝石には手をださなかった。

盗品は秋山が質店に持ちこんで換金した。見知らぬ駅でおりて、電柱の看板をたよりにたどりついた質店へ入る。はじめから流すつもりだから、偽の身分証が通用するところならどこでもよかった。秋山は手数料をもらうていどで、残りは娘に手渡した。

よくある話だが、お屋敷育ちのじゃじゃ馬娘が最初に乗るのは、馬小屋にいつでもつないである駄馬なのだ。カスタマイズされているから使い勝手がよく、呼べばすぐに応じる。絶対服従というほど卑屈にならない点も手軽だった。

秋山にも駄馬としての自覚があった。だから馬小屋に、いかにも血筋のいいどこかの馬がつないであれば姿をかくす。そんな日は、近所の年増のところへ行った。

じゃじゃ馬がまだ小学生のころ、一度だけ秋山の部屋へ遊びにきた。そのさい、〈シベリア〉をふるまった。父への手土産にするつもりで買っておいたものが、ちょうどあったのだ。庶民の味に免疫のなかった彼女は、それをよろこんで食べた。だから、〈シベリア〉はそののち彼女と密会するさいの符牒《ふちょう》になった。

「最後尾はコチラです。」

とつぜん、そんな声が耳にはいった。秋山はわれにかえった。

アミューズメント施設の園内は連休を楽しむ家族連れや若者たちであふれている。娘——二十歳をすぎてもまだ幼稚な——に頼まれた人のいい父親は、日暮れからはじまるトワイライトショーの場所とりのために、真昼のゲートで行列しているのだった。

ふだんは浴びつけない日ざしを浴びて、穴から出てきたクマのような気分になった。太陽に晒され、意識が飛んでしまったのだ。疲れもあって、立ったなりでまどろんでいた。〈シベリア〉も〈平和〉も関係ない。風船と着ぐるみと砂糖菓子の世界である。

無為な時間は、ときに自分の半生をさかのぼる装置となる。しかしながら、秋山が回顧したそれは、ただの記憶ちがいであったかもしれない。そう思えるほど遠い。谷底の家には、もう二十年以上もどっていない。まだ、そこにあるかどうかもわからない。

悪いけど、それやめてくれない？

雨がふりだした。校舎の二階にある教室の窓辺まで枝をのばすボダイジュ――とみんなが呼んでいるけれど、正しいかどうかはわからない――の葉ずれの音が、かすかに聞こえてくる。雨に打たれて、そわそわしている感じ。

いまは模試の真っ最中で、わたしの意識の大半は「下記の例文のすべてに共通する単語を選び、（　）のなかを埋めて文章を完成させなさい」という英語の最終問題をまえに、どうにか答えをしぼりだそうとしている。だが、集中できない自分もいる。

わたしたちの学校の前身は裁縫学校だった。まゆ玉をつらねて糸という文字ができたことを、校章と制服のベルトについたバックルのデザインで毎日確認している。けれども事情を知らなければ、それは串団子にしか見えない。いまはもうミシンを使う授業もない。

きょうの模試が重要なのは、この学校を指定校にしている大学の推薦枠に入りこめるかどうかの判定材料となるからだ。たとえ、推薦されなくても一般入試を受ければよい。でも、願わくは推薦入学で合格し、はやく受験勉強から解放されたい。だれもがそう思っている。

雨のせいで、蒸し暑くなってきた。制服は今週から夏服に衣がえした。夏のスカートにはベルトがなく、バックルもない。そのかわりブラウスの胸ポケットに串団子の刺繍がある。茶店の仕事着のように、思われそうだ。

（　）に当てはめるべき単語の候補を余白に書いてみる。例文は五つあり、そのすべてに共通する単語を見つけなければいけない。

しだいに強まってくる雨音は、なぜか規則的なリズムを刻んでいる。おなじ靴をはいた集団が足並みをそろえて行進してくるようだ。遠くのほうに見えていたプラカードに目当ての単語が一瞬だけ見えた。でも、行進する人たちがそれをさえぎった。そんな気分だった。

それだけならまだしも、またいつもの「耳ざわり」な音も聞こえてくる。終了のベルが鳴るまで、まだ十五分ほどある。集中したいのに、音のせいで気が散る。

あれは小早川こずえが、鉛筆を削っている音だ。姿は見えないけれど、断言できる。

彼女以外に、そんな音をたてる人はいない。彼女は英語が得意だから、どの問題も迷わず解答して、時間を持てあましているのだ。

鉛筆の芯の部分をキリのように細く長く削るのが、こずえの好みだ。エンパイア・ステートビルのテレビ塔のように――写真でしか見たことはないけれど――。その芯の側面にナイフの刃をすべらせて、鉛筆の軸とおなじく六角形の角度をつける。そのさいに、聞きづらい音がひびくのだ。忘れていた奥歯の痛みを思いだすような、神経にさわる音だ。

いちだんと雨が強まる。いっそのこと、こずえが発しているあの耳ざわりな音を掻き消してくれるくらいのどしゃぶりになればよいと思う。ああ、でも雨音も、うっとうしい。まとまりかけた考えを、行進が蹴散らしてゆく。

鉛筆を削る音は、こずえ自身にとっては自己陶酔的な意味を持っているのだろう。鼻歌でも歌いだしそうだ――さすがにそれは聞こえてこないけれど――。試験の解答に、手ごたえを感じているらしい。

こずえはきっと、いつもどおり上位にランクインして、夏休み明けの判定で、はやばやと推薦での合格を決めてしまうだろう。

べつに悪い人ではない。勉強もよくできる。校則違反もしない。だが、あっけらかんとしすぎて、周囲への配慮が足りない。余裕の産物である鉛筆削りが、試験中の教室で得意げにひびき渡っていることなど、思いもよらないのだ。

それとも、あの鉛筆削りに腹を立てているのはわたしだけ？　みんなの咳払いや、嘆息は抗議のあらわれではないの？

時間つぶしなら、もっと自己完結的な方法を選んでほしい。――たとえば、栗色の髪を肩や腕にひろげて、机に突っ伏しているリョーコのように――。あるいは問題用紙の裏面に試験監督の似顔絵を描くチャロのように――これはいつも、試験のあとの休み時間に見せてくれるのだが――残り時間をおとなしく過ごす方法はいくらでもある。

最後の悪あがきをしている者がいることを、少しは思いやってほしい。「もう、いいかげんにして」と叫びたくなる。だが、それもできない。大声など出せば、コチラが試験妨害をしていると判定される。短気は損気と自分に云いきかせる。

一度書いた答えを、あわただしく消しゴムで消すシホの後ろ姿が見えた。答案用紙が破ける音もした。あせっているのだ。残り五分になった。こずえは削った鉛筆を机のはじにならべている。高さの順かなにかに。見えないけれども、そういう音がする。

突っ伏していたリョーコが、頭を起こしながら、左手のこぶしで机のはじを強くたたいた。怒りの表明のように思える。彼女もまた鉛筆削りを耳ざわりに感じたのかもしれない。

こずえの鉛筆削りは、いまにはじまったことではない。このあいだの中間テストのときにも、それは聞こえた。

「なんでだれもあれをやめさせないの？」と、休み時間になってリョーコがつぶやいた。具体的なことは、ひとことも云わなかった。すぐ近くを小早川こずえが通りかかったからだ。リョーコはハンドボール部のキャプテンらしく、状況判断が巧みだ。無用なもめごとも好まない。

「まあ、そういうわけだからさ、」と話をぼかした。ポケットからヘアピンを取りだし、口にくわえる。そのあと手グシで髪をまとめ、毛先をねじってピンで留めた。リョーコがうなじを出しはじめると、夏が来たなあ、という感じがする。

でもまだ、ニットのベストを着ていた。それも制服だが、ほんとうは冬服だから、衣がえのあとでは着ないものだ。けれどもわたしたちは、校則違反だろうとなんだろうと夏じゅうニットのベストを着てすごす。ブラウスの胸ポケットの、洗練されているとは思えない串団子の刺繡をかくすため、あるいは下着が透けるのを回避するために。

ところが、小早川こずえだけは規則どおりに、ブラウス一枚で夏をすごす。通学のときもそのままだ。「二段ホック」がハッキリわかる。こずえは背筋をのばして、胸をはって歩く人でもある。

タイムリミット。試験終了のベルが鳴った。わたしは、（　）に当てはめる正しい答えを思いつけないままだった。

「まったくもう！」

廊下に出るのと同時に、だれかが叫んだ。だれだかわからなかったが、わたしもいっしょに叫びたかった。すると、すかさずリョーコが「同感！」と云った。それでたちまちみんなが——正確には、こずえをのぞくみんなが——いっせいに了解した。

こずえが孤立した瞬間だった。おそろしいことに、具体的な名前や理由はだれの口からもでなかった。ただ、みんなには何をどうするのかが、ちゃんとわかっていた。

模試は昼食をはさんで午后もつづいた。こずえは理系科目もよくできる。数学の時間も、残り二十分を切ったころに鉛筆削りをはじめた。わたしは二次関数の問題の空欄を埋める数式を求め、余白のどこかに正解が啓示される奇跡を待っているところだった。

「悪いけど、それやめてくれない？」

だれが云ったのか、わからなかった。意識的に声の調子を変えている。仲間にたいする親しみや、気兼ねを取り去るとこういう声になるのだという見本だった。

教室が、緊張した。ピンと音を立てそうなくらいに。さいわい、試験監督の教師にはわたしたちほどハッキリとは聞きとれなかったようだ。「静かに、」と諭《さと》すだけで、終わった。

おどろいたことに、小早川こずえにも通じなかった。彼女はそのあとも鉛筆削りをやめなかった。終了のベルとともに猶予期限は切れた。

彼女にも、学校の行き帰りを共にする特定の人たちがいる。ランチもその人たちとグループをつくる。もともと、それほど親しくなかったわたしやシホが口をきかなくなっても、教室の力学やこずえの個人的な体験には、たいして影響しなかった。

リョーコはひとりだけ、猶予期限を延長しているらしかった。たしか、こずえとは自宅が近いのだ。クラスの方向性をきめたのは彼女のひとことだったが、本人はスポーツ精神にのっとり、公平なルールのもとで闘うのをモットーとしている、とでも云うように、ふるまった。それでいて、わたしたちともギクシャクしない。得な性分だ。

さすがのこずえも、やがて自分が大半のクラスメートから敬遠されていることに気づいたようだ。だれかれとなく、むじゃきに話しかけることをしなくなった。話す相手を選んでいる。いつもの仲間とリョーコがいれば、たいていは間にあう。

九月になって、こずえもリョーコも早々と推薦入学をきめた。わたしやシホは、長いトンネルを進みはじめた。やがて出口が見えてくると信じて。

しばらくは、あまりまわりのことを気にしなくなった。自分のことだけで精一杯だったのだ。学校の外で行われる模試の会場へ出向くことも多くなり、落ちつかない日々がつづいた。

そのあいだ、推薦入学組は課外活動にいそしんでいたようだ。ときおり、リョーコは部活の後輩の指導に顔をだした。ついでに、こっそり居酒屋バイトで小遣い稼ぎをしていることなど、打ち明けてゆく。

もとは裁縫学校で、花嫁修業の色あいが濃い校風だから、アルバイトは禁止されていた。けれども、黙っていればわからない。アルバイト中の店に教師がやってくるような、よもやの偶然がないかぎり。

十一月。まったく突然に、こずえが学校をやめた。アルバイトが発覚して退学を迫られたわけではない。自主的にやめたのだ。そういう話だった。わけがわからなかった。

「あと、四カ月で卒業だったのに。」

それぐらいしか、云うことがなかった。

あれから三十年と少しが過ぎた。有志によるクラス会——つまり公式ではない——の幹事の欄に、こずえの名前のあるハガキが届いた。少し安心した。思いきって電話をしてみる。

「だってね、学費を払えなくなったって、親が云うんだもん。うちの父は山師みたいなところがあってね。あのころは事業に失敗したわけ。でも、気を遣わなくていいから。一年後によそへ復学して、高校も卒業したし、大学へも行った。だけど、またもや中途で退学したの。子育てすることになっちゃってね。聞いてよ、ワタシもうおばあちゃんなのよ。」

こずえは、波乱の半生を楽しそうに語った。

そうだよね。わたしたちがいっしょの教室で過ごしたのは、二年のクラス替えのあとの一年と、こずえが退学するまでの半年あまりのことで、その後の人生にくらべたら、わずかな時間でしかなかったのだから。

でも、どうしてあんなに濃密でおおげさだったんだろう。ほんのわずかなすきまを、どうにも越えられない谷間のように思っていた。

こんどいつ来る?

いつも、はっきりした返事はもらえなかった。だから、奈々子は不安であると同時に、あやしんでいた——隆人《たかひと》には別カノがいるんだろう——。

来るときは突然で、こちらにある技術部門の工場に立ちよる仕事のついでだった。

「あしたから、三日間の予定なんだけど。」と電話がかかってくる。泊まれる? という含みなので、奈々子としては、急にそんなことを云われても困る。しばらく部屋のそうじをサボっているし、布団も干していないし、髪の毛も伸びっぱなしだ。そうじと洗濯とヘアカットを半日で片づけるなんて無理。だらしないと思われたくない。

〈あしたはダメ。あさってにして〉

メールならば、そう返信するところなのに、声を聞くとすぐにも逢いたい気持ちがつのる。

「ついたら、電話して。」

そう答えてしまうのだった。おなじ大学に通っていたころからのつきあいが、なんとなく続いている。卒業して、隆人は東京の企業に就職した。技術部門の工場がこの地にあり、そこへ就職するつもりでエントリーしたら、本社採用になったのだ。奈々子は地元で県庁の臨時職員になった。土地持ちの祖父のコネだった。

隆人の実家は、もうだれも住まない空き家になっている。ごく幼いころに両親が離婚したのちは、母と子のふたり暮らしだった。その母は息子の大学卒業を見とどけてまもなく、持病をこじらせて亡くなった。

いっぽうの奈々子は、祖父の家を母屋とする棟つづきの実家で育った。成人したら一度はひとり暮らしをしろ、という祖父の方針で、いまは少ない給料のなかから家賃をはらってのアパート暮らしだ。

隆人は、奈々子に断られたらビジネスホテルに泊まるつもりでいる。だが、これまで奈々子は一度も断っていない。それは、隆人が内密にしている東京の新しいパートナーに、彼女がまだ気づいていないことを意味した。

だが、奈々子にも新恋人がいるはずだ、と隆人は邪推する。訪ねるたびに手料理のレパートリーが増えている。彼は身勝手にも、それをもって後ろめたさを軽減できるかのように考えた。

そんなふたりは、逢えばいつも恋人同士というよりは、もう何年も連れそった夫婦のようだった——実際、もう長いつきあいになる——。外食はせず、仕事帰りに待ちあわせてスーパーのタイムセール目がけて買いものをする。その後、手わけして料理をつくり、ごくありふれた食事をする。特別な感じは、なにもなかった。

隆人の出張のあとに休日があれば、倹約家の夫婦ならそうするように、ふだん着で街に出かけた。

あの日、本屋へいこうとどちらが誘ったのか、奈々子はもうおぼえていない。出張がすんだあとで、隆人は一日だけ休みをもらった。お金がないふたりの時間つぶしは、いつも街のなかをぶらつくことだった。カウンター席しかないカレーハウスや、イートインのベーカリーでお手軽な昼食をすませるのも常だった。

図書館では、雑誌や写真集をひろげて、ああだこうだとおたがいの感想を口にしながらページをめくるわけにゆかない——ふたりには、それが楽しいのだ——だから本屋のほうがいい。だが、買いもしないのにいつまでも書棚のまえにいる客など、本屋にすれば迷惑きわまりない。

そんなことは承知のうえだが、気にしない。先だつものがないのだから、ほかにどうしようもないのだ。

ふたりは画集や写真集のある地下のフロアへ直行する。棚にならぶ目を惹くカバーは、高くて買えない本ばかりだから、いつも長い時間をそこで過ごす。奈々子がさっそく手をのばしたのは、アンティークな家具や食器をカタログのようにならべた本だったが、隆人が熱心にながめている写真集のほうが面白そうだったので、自分の本は棚へもどした。

隆人は先ほどからおなじページを見つめている。奈々子も、いっしょにのぞきこんだ。見開きのページにひろがる風景写真だった。

「なんだか、この景色におぼえがあるんだ。こんな海岸へ行ったことがあるとは思えないのに。」

たんに〈風景〉とタイトルがつくだけで、場所は明かされていない。白い渚と、遠浅の海と、ひろびろと晴れわたった空がある。陸地と地つづきなのか島なのか外国なのか国内なのかは、はっきりしない。

まぶしい白さの砂浜と、晴れすぎて薄い紫に見える空と、数軒の家がならぶ日ざかりの通りがある。人影はない。

見つめているうちに、奈々子は自分もその景色のなかにいて、照りつける日ざしをあびているような気がした。肌がひりひりする。

濃い陰影は、まなうらで反転して白黒が逆になる。黒い太陽の下で燻《くすぶ》る地面の熱さを、奈々子は足の裏に感じた。

ふたりとも次のページをめくろうともせずに、おなじ風景をいつまでもながめていた。奈々子はためしに目をつぶってみた。風景はまだそこにあった。

そのうち、かたわらで隆人が軽く息を吐いた。いままで、息をとめていたかのように。隆人はようやくあらたなページをめくった。だがふたりとも、写真集への興味を失っていた。瞼に――というより網膜に灼《や》きついた風景のほかは、目にはいらなかった。

店をでて歩きはじめたが、奈々子はまっすぐに進んでいる気がしなかった。足もとが危うい。見慣れた景色であるはずなのに、はじめて訪れた街にいる気がした。

隆人も目的を失っているようだった。ふたりとも信号があれば渡って立ちどまり、九十度まがってまた信号を渡るというふうに――つまりグルグルと――駅前広場をめぐりつづけた。

奈々子はいっそのこと本屋へもどって、あの写真集を買ってこようかとも思ったが、もともとそんなお金は持っていなかった。

「どこの風景だろう。」

しばらくして、隆人がつぶやいた。奈々子にたずねたわけではない。完全にひとりごとだ。視線の先には線路があり、一日に数回だけ通る貨物列車が通過するところだった。貨車の連なりはじれったいほど長く、警報機の音はいつまでも鳴りやまない。

隆人はようやく帰りの列車に乗る時刻が迫っているのを思いだしたらしく改札口に向かった。ふたりはそこで、口数も少なく別れた。

こんどいつ来る？

奈々子は、別れぎわの隆人にたずねたが、答えをはぐらかされた。いつものことだ。

あくる朝、彼女はきのうの本屋を目ざした。職場には体調が悪いのでクリニックによってから出勤するとウソの連絡をいれた。昨夜もずっと、あの風景のことばかり考えていた。目を閉じてもそこにあり、眠れない。網膜に灼きついているのだから当然だ。感じるはずのないひりひりとした暑さまで、鮮明だった。

おりているシャッターのまえで待ちかまえ、開店と同時に店内へ走りこんだ。写真集の棚へ急いだ。きのう、取りおきにしておかなかったことを、一晩じゅう後悔した。もうほかのだれかが買ってしまったかもしれない。そう思うだけで、心拍数がふえた。不安を抱きながら夜明けを待った。

棚のまえで、奈々子は途方にくれた。めざす写真集が見つからないのだ。それらしい本は、ぜんぶひろげてみた。どれもちがっていた。気を落ちつけて、もう一度、はしから順にたしかめてゆく。

寝つかれなかったせいで、集中力がつづかない。おまけに、見なくともよい写真ばかりが目についた。抱擁する男女がどれも、隆人と見知らぬ女の顔になる。

奈々子は泣きそうになりながら本をひっぱりだし、ページをめくった。だが、どの本もちがう。写真集のタイトルも写真家の名前もおぼえていない。だが、あればすぐにわかると思っていた。

考えられるのは、やはりほかのだれかが買ってしまい、在庫もなかったということだ。思いきって、店員にたずねてみた。網膜に灼きつくほどながめた写真のことだから、その風景だけは詳しく伝えることができた。

店員は親切だった。それらしい写真集をいっしょに探してくれた。手分けして、棚にある本を一冊ずつとりだし、ページをめくった。

だが、隆人といっしょにながめたあの風景写真は、とうとう見つからなかった。開店と同時に飛びこんだのに、すでに正午をまわっていた。奈々子はあきらめきれず、ほかの本屋もあたってみることにした。職場へは、終日休む連絡をいれた。バカげていると承知していながら、自分をおさえられなかった。

店をでたところで、呼びとめられた。

「ねえ、あなたさっき云っていた写真集のことだけど。」

美人だった。勧誘員の定石どおりである。だから、通常ならあやしむべき人物で、奈々子も耳を貸さずに歩きだすところだ。だが、その声には、いやみのない親しさがあった。

奈々子は警戒心を抱きつつも、足をとめた。だれかの助けがほしい状況でもあった。具体的にだれというのではなく、なにを助けてほしいのかさえ自覚はなかったが、ともかく一拍の休みが必要なことはたしかだった。

「ごめんなさいね。さっきの本屋さんで、ちょっと立ち聞きしてしまったの。」

美人は小声になる。

「悪いことは云わないわ。それ、探さないほうがいいわよ。」

唐突だったので、奈々子は混乱した。

「あなたが見たという風景写真のことよ。」

「……どうして？」

美人は少しだけ、答えをためらった。もったいぶるというよりは、奈々子をいたわるような、そんなまなざしになった。

「ほんとうは、知らないほうがいいんだけど。」

などと云われれば、なおさら気にかかる。どうしても知りたい？　と目顔でたずねる美人に、奈々子は大きくうなずいた。

「わかった。それなら教えてあげる。あれはね、あなたがこの世で最後に見る風景なの。」

奈々子は、先ほどよりももっとワケがわからなくなった。……あの風景が？　それはいつ？　どんなふうに？

だが、その混乱のなか、彼女はひとつ重大なことに気づいた。

「隆人も？……彼とおなじ写真を見ていたんだもの。」

それは奈々子にとって魅惑的な一致でもあった。自分を裏切っているだろう彼と、でも最後はいっしょなのだと思うことは。

「それはどうかしら。ほんとうにおなじ風景だったの？」

美人は、ちっとも重大なことではないような素っ気なさで訊く。それほどの男でもないのに、と言外に語ってもいる。

「……おなじだと思っていたんだけど、」

「彼に確かめてみたら？」

うなずく奈々子の耳もとへ、美人はさらにたたみかけた。

「だけど、もう間にあわないかも。たぶん彼はあの風景を現実に見てしまったはずだから。」

謎のことばをのこして、美人は立ち去った。


もう十年もまえになる。ふたりで本屋へいったのは隆人が嫉妬深い妻――実際、ひそかに結婚していたのだ――の運転する車で崖から堕ちる前日のことだった。

奈々子は求めていた写真集を二度と探さなかった。あれほど鮮明におぼえていたはずの景色も、もはやぼやけている。最後に見る景色など、知らないほうがいいにきまっている。

長野まゆみ（ながの・まゆみ）

東京都生まれ。1988年『少年アリス』で文藝賞を受賞。著書に『テレヴィジョン・シティ』上下、『新世界』全5巻（河出文庫）、『鳩の栖』（集英社文庫）、『カルトローレ』（新潮文庫）、『箪笥のなか』（講談社文庫）、『あめふらし』（文春文庫）、『メルカトル』（大和書房）、『白いひつじ』（筑摩書房）、『野川』（河出書房新社）、『デカルコマニア』（新潮社）、『45°』（講談社）など多数。

http://www.mimineko.co.jp

ささみみささめ

2013年10月10日　初版第一刷発行

著　者　長野まゆみ

装　画　山田博之

装　幀　名久井直子

発行者　熊沢敏之

発行所　株式会社筑摩書房

東京都台東区蔵前2-5-3　〒111-8755

振替 00160-8-4123

印刷所　三松堂印刷株式会社

製本所　株式会社積信堂

ISBN978-4-480-80449-5 C0093